EXLIBRIS

LeseLiebe♥

5 4 3 2 1 26 25 24 23 22
ISBN 978-3-649-64158-2

© 2022 Coppenrath Verlag GmbH & Co. KG,
Hafenweg 30, 48155 Münster, Germany
Konzept: Coppenrath Verlag
Illustrationen: Tina Defaux
Layout und grafische Gestaltung: Stefanie Wawer
Textsammlung: Mareike Bartholomäus
Redaktion: Anna Louisa Duckwitz

Alle Rechte vorbehalten
www.coppenrath.de

DAS LEBEN WILL GEFEIERT WERDEN!

COPPENRATH

INHALTS-VERZEICHNIS

EINE FRAU MIT VERGANGENHEIT 8
F. Scott Fitzgerald

DAS AUTO 34
Lily Brett

DIE VERLOBUNGSJAGD 36
Erich Kästner

POLARKREIS 42
Karen Köhler

DIE KUNSTRADFAHRER 54
Siegfried Lenz

ANEKDOTE ZUR SENKUNG DER ARBEITSMORAL 68
Heinrich Böll

MEINE KRAFTPUNKTE 72
Anna Gavalda

DER GRAF UND DER HOCHZEITSGAST 94
O. Henry

ZWEI AN EINEM TAG – JEAN SEBERG 102
David Nicholls

SCHNEE 114
Zsuzsa Bánk

**MOMO – EIN GESPIELTER STURM
UND EIN WIRKLICHES GEWITTER** 120
Michael Ende

STOLZ UND VORURTEIL 132
Jane Austen

STUNDEN FÜR DIE SEELE 142
Walt Whitman

KANNITVERSTAN 144
Johann Peter Hebel

LUNCH MIT RUTH SYKES 148
Jane Gardam

AUFZUGSGESCHICHTE 166
Jurek Becker

WIE MAN GLÜCKLICH WIRD 178
Axel Hacke

DIE GROSSE PLASTIKWURST 180
Tove Jansson

EINE *Frau* MIT VERGANGENHEIT

1 Bei der langsamen Fahrt durch New Haven wurden zwei der jungen Mädchen munter. Josephine und Lillian warfen sanfte, freimütige Blicke auf dahinschlendernde Gruppen von drei oder vier Studenten, auf größere Gruppen, die an Ecken standen und wie ein Mann herumfuhren, um auf ihre entschwindenden Köpfe zu starren. In einem einsamen Bummler glaubten sie einen Bekannten zu entdecken und winkten ihm aufgeregt zu, worauf dem jungen Mann der Mund offen stehen blieb, und als sie um die nächste Ecke fuhren, machte er eine verwirrte, zögernde Handbewegung. Sie lachten. »Wenn wir heute Abend zur Schule zurückkommen, schicken wir ihm eine Postkarte, dann wissen wir, ob er es wirklich war.«

Adele Craw, die auf einem der kleinen Sitze saß, unterhielt sich angelegentlich mit Miss Chambers, der Aufsichtsdame. Lillian warf von der Seite her einen Blick auf sie und zwinkerte Josephine zu, ohne dabei auch nur mit einer Wimper zu zucken, aber vergeblich – Josephine war in Träumen versunken.

Dies war New Haven – die Stadt ihrer jugendlichen Träume, die Stadt glanzvoller Bälle, wo sie auf Wolken schreiten würde, umgeben von Männern, die so unfassbar waren wie die Melodien, zu denen sie tanzten. Stadt, so heilig wie Mekka, so strahlend wie Paris, so verborgen wie Timbuktu. Zwei Mal im Jahr floss das Herzblut Chicagos, ihrer Heimatstadt, hier hinein, und zwei Mal im Jahr floss es zurück und brachte Weihnachten oder den Sommer mit. Bingo, bingo, bingo, that's the lingo ... du mein Geliebter, ich schmachte nach einem Blick von dir ... der nette Junge da drüben auf der linken Seite ... ich warte unter den Sternen ...

Nun, da sie die Stadt zum ersten Mal sah, merkte sie, dass sie überraschend wenig beeindruckt war – die Männer, an denen sie vorbeifuhren, sahen sehr jung aus; anscheinend langweilte sie alles, was der Tag bot, und sie waren froh, wenn es was anzustarren gab; sie wirkten undynamisch und unentschlossen vor dem Hintergrund der kahlen Ulmen, der schmutzigen Schneeflecken und der Häuser, die sich unter dem Februarhimmel aneinanderdrängten. Ein Hoffnungsschimmer, ein gut aussehender Mann mit einem Derby-Hut, der mit Spazierstock und Aktentasche zum Bahnhof eilte, fesselte Josephines Aufmerksamkeit, aber der Blick, mit dem er den ihren beantwortete, war zu erschreckt, zu bieder. Sie staunte über das Ausmaß ihrer Enttäuschung.

Sie war gerade siebzehn, und sie war blasiert. Sie hatte bereits Furore gemacht und einen Skandal ausgelöst; sie hatte reife Männer aus dem Gleichgewicht gebracht; sie hatte, so erzählte man sich, ihren Großvater getötet, aber da er bereits achtzig war, war es immerhin möglich, dass er eines natürlichen Todes gestorben war. Da und dort im Mittelwesten gab es entmutigte kleine Staubkörnchen, und bei genauem Hinsehen stellte es sich heraus, dass das die jungen Männer waren, die einst voll in Josephines grüne, sehnsüchtige Augen geblickt hatten. Aber ihre Liebesaffäre im vergangenen Sommer hatte ihren Glauben zerstört, dass Männer das Wichtigste im Leben waren. Als der September zu Ende ging, begann sie sich zu langweilen – und es war, als sei es einmal zu oft geschehen. Weihnachten mit seiner provozierenden Kürze, seinen herumreisenden Gesangstruppen hatte keine neue Eroberung gebracht. In ihr blieb nur eine hartnäckige, eine physische Hoffnung lebendig – eine Hoffnung in der Magengegend, dass es jemand gab, den sie mehr lieben würde, als er sie liebte.

Sie hielten vor einem Sportartikelgeschäft, und Adele Craw, ein hübsches Mädchen mit klaren, aufrichtigen Augen und stämmigen Beinen, kaufte die Sportgeräte, die der Grund ihres Ausflugs waren – sie bildeten das Schulkomitee für das Frühjahrshockeyspiel. Adele war außerdem die Sprecherin der obersten Klasse und das Mustermädchen der Schule. Sie hatte kürzlich den Eindruck gewonnen, mit Josephine Perry vollziehe sich eine Wandlung zum Besseren – so wie ein anständiger Bürger arglos einem Defraudanten seine Zustimmung geben mag, der sich mit seinem ergaunerten Vermögen zur Ruhe gesetzt hat. Andererseits war Adele für Josephine einfach unbegreifbar bewundernswert ohne Zweifel, doch einer anderen Menschenart zugehörig. Aber mit jener bezaubernden Anpassungsfähigkeit, die Josephine bisher für Männer reserviert hatte, versuchte sie ihr Bestes, um Adele nicht zu enttäuschen und sich wirklich ehrlich für die kleine, ordentliche, wohlorganisierte Schulpolitik zu interessieren.

Zwei Männer, die an einem anderen Verkaufstisch gestanden und ihnen den Rücken zugekehrt hatten, drehten sich um und wollten gerade hinausgehen; da erblickten sie Miss Chambers und Adele und kamen sogleich auf die beiden zu. Der eine, der mit Miss Chambers sprach, hatte ein mageres, strenges Gesicht. Josephine erkannte in ihm den Neffen von Miss Brereton, einen Studenten aus New Haven, der mehrere Wochenenden bei seiner Tante in der Schule verbracht hatte. Den anderen hatte Josephine noch nie gesehen. Er war groß, schlank und breitschultrig, mit blondem, welligem Haar und freimütigem Gesichtsausdruck, in dem sich Willensstärke und Besonnenheit angenehm mischten. Es war nicht die Art von Gesichtern, die für gewöhnlich auf Josephine Eindruck machten. Die Augen waren offensichtlich ohne Geheimnis, ohne Seitenblicke, ohne jenes verwegene Flackern, das angezeigt hätte, dass sie ein eigenes Leben hatten, unabhängig von der Sprache des Mundes. Der Mund selber war groß und männlich; sein Lächeln war ein Akt der Freundlichkeit und der Beherrschung. Josephine betrachtete diesen Menschen eher mit Neugier: Was war das für ein Mann, der Adele Craw Aufmerksamkeit erwies? Denn seine Stimme, die ganz sicher nicht lügen konnte, begrüßte Adele, als sei dies Zusammentreffen für ihn die angenehmste Überraschung des Tages.

Gleich darauf wurden Josephine und Lillian hinzugerufen und vorgestellt.

»Das ist Mr Waterbury« – das war Miss Breretons Neffe –, »und das ist Mr Dudley Knowlton.«

Josephine warf einen Blick auf Adele und entdeckte auf ihrem Gesicht einen Ausdruck von ruhigem Stolz, sogar von Besitzerstolz. Mr Knowlton war höflich, aber man merkte deutlich, dass er, obwohl er die jungen Mädchen ansah, sie gar nicht wirklich wahrnahm. Doch da sie Freundinnen von Adele waren, sagte er einige passende Worte, aus denen hervorging, dass sie in der nächsten Woche beide zu ihrem ersten Studentenball nach New Haven kommen würden. Wer veranstaltete den Ball? Sophomoren – Collegestudenten im zweiten Studienjahr –, er kannte sie flüchtig. Josephine fand, das sei unnötig überheblich. Immerhin waren diese Sophomoren die privilegierten Mitglieder der Vereinigung der Liebenden Brüder – Ridgeway Saunders und George Davey –, und bei den Ausflügen der Gesangstruppe hielten sich die Mädchen, die sie zum Flirt in jeder Stadt auswählten, für eine Art Elite und nur den Mädchen nachstehend, die nach New Haven eingeladen wurden.

»Ach, übrigens habe ich eine schlechte Nachricht für dich«, sagte Knowlton zu Adele. »Du musst vielleicht die Polonaise anführen. Jack Coe liegt mit einer Blinddarmentzündung im Krankenhaus, und gegen mein besseres Urteil bin ich der stellvertretende Vorsitzende.« Er machte ein entschuldigendes Gesicht. »Da ich zu diesen Steinzeittänzern gehöre und der Twostep-König bin, verstehe ich überhaupt nicht, wie ich je in das Komitee gewählt werden konnte.«

Auf der Rückfahrt zu Miss Breretons Schule bombardierten Josephine und Lillian Adele mit Fragen.

»Das ist ein alter Freund von mir aus Cincinnati«, erklärte sie zurückhaltend. »Er ist Kapitän der Baseballmannschaft und letzter Mann für Skull and Bones.«

»Gehst du mit ihm zu dem Ball?«

»Ja. Ich kenne ihn schon mein ganzes Leben lang, wisst ihr.«

»ACH, ÜBRIGENS HABE ICH EINE
SCHLECHTE NACHRICHT FÜR DICH«,
SAGTE KNOWLETON ZU ADELE.
»DU MUSST VIELLEICHT DIE POLONAISE
ANFÜHREN.«

Lag in dieser Bemerkung ein schwacher Hinweis, dass nur diejenigen, die Adele ihr ganzes Leben lang gekannt hatten, ihren wahren Wert zu schätzen vermochten?

»Bist du verlobt?«, fragte Lillian.

Adele lachte. »Himmel, an so was denke ich gar nicht. Ich glaube, das hat noch Zeit, nicht wahr?« (Ja, warf Josephine stumm ein.) »Wir sind nur gute Freunde. Ich glaube, zwischen einem Mann und einem Mädchen kann es eine vollkommen gute Freundschaft geben, ohne eine Menge –«

»Seelenquark«, warf Lillian hilfsbereit ein.

»Nun ja, aber ich mag dieses Wort nicht. Ich wollte sagen, ohne eine Menge sentimentaler romantischer Dinge, für die später noch Zeit ist.«

»Bravo, Adele!«, sagte Miss Chambers ziemlich desinteressiert.

Aber Josephines Neugier war noch nicht gestillt.

»Sagt er nicht, dass er dich liebt und so weiter?«

»Lieber Gott, nein! Dud glaubt ebenso wenig an solches Zeugs wie ich. Er hat in New Haven genug zu tun, in den Komitees und in der Mannschaft.«

»Ach!«, sagte Josephine.

Ihr Interesse war merkwürdig lebhaft. Dass zwei Menschen, die sich zueinander hingezogen fühlten, nie miteinander darüber sprachen, sondern sich offenbar damit begnügten, »nicht an solches Zeugs zu glauben«, war neu für sie. Sie hatte Mädchen gekannt, die keine Verehrer hatten, andere, die keine Gefühle zu haben schienen, und noch andere, die über das, was sie dachten und taten, nicht die Wahrheit sagten, aber hier war ein Mädchen, das über die Gunstbeweise des letzten Mannes für Skull and Bones sprach, als handelte es sich um zwei Sandsteinwasserspeier an der gerade fertig gebauten Harkness Hall, auf die Miss Chambers sie aufmerksam gemacht hatte. Doch Adele schien glücklich zu sein – glücklicher als Josephine, die stets geglaubt hatte, dass Jungen und Mädchen nur füreinander geschaffen seien und so schnell wie möglich danach handeln sollten.

Wenn man seine Beliebtheit und seine Leistungen in Rechnung stellte, wurde Knowleton noch anziehender. Josephine fragte sich, ob er sich an sie erinnern und auf dem Ball mit ihr tanzen würde oder ob das davon abhing, wie gut er ihren Begleiter, Ridgeway Saunders, kannte. Sie versuchte sich zu erinnern, ob sie Knowleton angelächelt hatte, als er sie ansah. Wenn sie wirklich gelächelt hatte, würde er sich an sie erinnern und mit ihr tanzen. Noch am Abend versuchte sie über ihren zwei französischen unregelmäßigen Verben und ihren zehn Stanzen von Coleridges »Altem Seemann« sich das fest einzureden, aber als sie einschlief, war sie sich dessen immer noch keineswegs sicher.

2 Drei fröhliche junge Sophomoren, die Gründer der Vereinigung der Liebenden Brüder, mieteten zusammen ein Haus für Josephine, Lillian, ein Mädchen aus Farmington und die drei Mütter. Für die Mädchen war es der erste Ball, und sie kamen mit der Nervosität der Verdammten in New Haven an; aber bei einem Tee der Sheffield-Bruderschaft am Nachmittag erschien eine solche Menge Jungen von zu Hause und Jungen, die dort Besuche gemacht hatten, und Freunde dieser Jungen und neue Jungen, von denen etwas zu erwarten war, mit offensichtlich lebhaftem Interesse, dass sie vor Selbstvertrauen glühten, als sie sich unter die schimmernden Scharen mischten, die sich um zehn Uhr in der Sporthalle drängten.

Es war ein eindrucksvolles Erlebnis. Zum ersten Mal nahm Josephine an einem Fest teil, das Männer nach männlichen Maßstäben veranstalteten – einer äußeren Projektion der New-Haven-Welt, von der Frauen ausgeschlossen waren und die sich geheimnisvoll hinter der Szene abspielte. Sie bemerkte, dass ihre drei Begleiter, die ihr früher der Inbegriff der Weltgewandtheit zu sein schienen, in diesem erbarmungslosen Mikrokosmos der Vollkommenheit und des Erfolges nur kleine Fische waren. Eine Männerwelt! Als sie sich während der Darbietungen der Gesangstruppe umblickte, empfand sie widerwillige Bewunderung für die gute Kameradschaft, die entgegenkommende Haltung. Sie beneidete Adele Craw, auf die sie im Ankleideraum nur einen kurzen Blick hatte werfen können, um die Stellung, die sie automatisch deshalb einnahm, weil sie heute Abend Dudley Knowletons Mädchen war. Sie beneidete sie noch mehr, als sie durch ein Spalier von Hortensien unter den drapierten Fahnentüchern an der Spitze der Polonaise dahinschritt, sehr gesetzt, in einem einfachen weißen Kleid und fast ungepudert. Zeitweilig stand sie im Mittelpunkt der Aufmerksamkeit, und bei diesem Anblick erwachte etwas in Josephine, das lange in ihr geschlummert hatte – das Gefühl für ein Problem, eine unbestimmte Möglichkeit.

»Josephine«, begann Ridgeway Saunders, »du kannst dir gar nicht vorstellen, wie glücklich ich bin, jetzt, wo es wahr geworden ist. Ich habe diesen Abend so lange herbeigesehnt und davon geträumt ...«

Sie lächelte automatisch zu ihm auf, aber ihre Gedanken waren ganz woanders, und als der Tanz weiterging, ließ sie der Gedanke nicht mehr los. Von Anfang an riss man sich um sie; zu den Männern vom Nachmittagstee kamen noch ein Dutzend neue Gesichter, ein Dutzend selbstbewusste oder schüchterne Stimmen, bis sie, wie alle Mädchen, die bei den Jungen Anklang fanden, ihr eigenes Gefolge hatte, das mit ihr durch den Raum zog. Doch all dies hatte sie schon mehrere Male erlebt, und hier fehlte etwas. Man konnte zehn Männer haben gegen Adeles zwei, aber Josephine wurde plötzlich klar, dass die Bedeutung eines Mädchens hier von der des Mannes abhing, der sie mitgebracht hatte.

Sie war verärgert über diese Ungerechtigkeit. Ein Mädchen verdankte ihre Beliebtheit ihrer Schönheit und ihrem Charme. Je schöner und charmanter sie war, desto eher konnte sie es sich leisten, die öffentliche Meinung außer Acht zu lassen. Es war wirklich absurd, dass Adele nur deshalb, weil sie es fertiggebracht hatte, einen Baseballkapitän zu bezirzen, der sich vielleicht bei Mädchen gar nicht auskannte und überhaupt nicht fähig war, ihre Reize zu beurteilen, eine so glänzende Rolle spielen sollte, trotz ihrer dicken Fesseln, ihres zu roten Gesichts.

Josephine tanzte mit Ed Bement aus Chicago. Er war ihr erster Verehrer gewesen, eine Flamme aus der Tanzstunde, als sie noch Zöpfe und weiße Baumwollstrümpfe, Spitzenhosen mit einem Leibchen daran und Rüschenkleider mit der unvermeidlichen Schärpe getragen hatte.

»Was ist bloß los mit mir?«, fragte sie Ed. Sie dachte laut. »Seit ein paar Monaten schon komme ich mir vor, als wäre ich hundert Jahre alt, und dabei bin ich gerade erst siebzehn, und die Tanzstunde liegt erst sieben Jahre zurück.«

»Du hast dich seit damals ziemlich oft verliebt«, sagte Ed.

»Hab ich nicht«, protestierte sie entrüstet. »Man hat nur eine Menge alberne Geschichten über mich erzählt, ohne jeden Grund – meist waren es Mädchen, die eifersüchtig auf mich waren.«

»Eifersüchtig weswegen?«

»Nimm dir nicht zu viel raus«, sagte sie scharf. »Tanz mit mir zu Lillian rüber.«

Dudley Knowleton hatte gerade Lillian abgeklatscht. Josephine sprach mit ihrer Freundin; dann wartete sie, bis sie ein paar Sekunden lang Auge in Auge mit Knowleton tanzte, und lächelte ihm zu. Diesmal sorgte sie dafür, dass das Lächeln erwidert wurde und dass sich ihre Blicke trafen, dass er sich im Bannkreis ihres duftenden Zaubers bewegte. Wenn dieser Duft einen Namen bekommen hätte, wie das französische Parfüm späterer Zeiten, hätte er vielleicht »Bitte« geheißen. Knowleton verbeugte sich und lächelte zurück; eine Minute später klatschte er sie ab.

Es geschah bei einer wirbelnden Drehung in einer Ecke der Halle, und sie tanzte langsamer, damit er sich ihrem Takt anpasste, und einen Augenblick lang glitt sie in einem langsamen Bogen dahin.

»Sie sahen fabelhaft aus, als Sie mit Adele die Polonaise anführten«, sagte sie. »Sie wirkten so ernst und so freundlich, als wären die andern ein Haufen Kinder. Auch Adele sah reizend aus.« Und einer Eingebung folgend setzte sie hinzu: »In der Schule habe ich sie mir zum Vorbild genommen.«

»Wirklich?« Sie sah, dass er seine tiefe Überraschung verbarg, als er sagte: »Das muss ich ihr erzählen.«

Er sah besser aus, als sie gedacht hatte, und hinter seiner Herzlichkeit und seinen guten Manieren spürte man etwas wie Autorität. Obwohl er ihr gegenüber vorbildlich aufmerksam war, bemerkte sie, wie seine Blicke schnell und forschend durch den Raum glitten, um festzustellen, ob auch alles klappte; im Vorbeitanzen sprach er ruhig mit dem Leiter der Kapelle, der ehrerbietig an den Rand des Podiums trat. Letzter Mann für Bones. Josephine wusste, was das bedeutete – ihr Vater war Bones gewesen. Ridgeway Saunders und die übrigen Mitglieder der Vereinigung der Liebenden Brüder würden gewiss niemals Bones werden. Sie überlegte, wenn es einen Bones für Mädchen gäbe, ob sie gewählt werden würde – sie oder Adele Craw mit ihren dicken Fesseln, dieses Symbol der Solidarität.

»Come on o-ver here,
Want to have you near;
Come on join the par-ty,
Get a wel-come hearty.«

»Ich möchte wissen, für wie viel Jungen Sie Vorbild sind«, sagte sie. »Wenn ich ein Junge wäre, würde ich gern genauso sein wie Sie. Nur würde es mich fürchterlich anöden, wenn die Mädchen sich immerfort in mich verlieben.«

»Aber das tun sie doch gar nicht«, sagte er nur. »Das haben sie nie getan.«

»O doch – aber sie zeigen es nicht, weil sie so beeindruckt von Ihnen sind, und dann haben sie auch Angst vor Adele.«

»Adele hätte nichts dagegen ...« Und er setzte hastig hinzu: »... wenn es je passieren sollte. Adele nimmt so was nicht ernst.«

»Sind Sie mit ihr verlobt?«

Er wurde ein wenig förmlicher. »Ich halte nichts von Verlobung, bevor der richtige Zeitpunkt gekommen ist.«

»Ich auch nicht«, stimmte ihm Josephine bereitwillig zu. »Mir ist ein guter Freund lieber als hundert Männer, die einem immerzu sentimentalen Unsinn erzählen.«

»Tut das die Meute, die sich heute Abend an Ihre Fersen geheftet hat?«

»Welche Meute?«, fragte sie unschuldig.

»Die fünfzig Prozent der Sophomorenklasse, die hinter Ihnen her sind.«

»Ein Haufen alberne grüne Jungs«, sagte sie undankbar.

Josephine war strahlend glücklich jetzt, da sie in den Armen des Vorsitzenden des Ballkomitees anmutig durch den von Neuem verzauberten Saal glitt. Selbst diesen langen Tanz mit ihm verdankte sie dem Respekt, den er ihrer Umgebung einflößte, aber schließlich wurde sie doch von einem Mann abgeklatscht, und ihre Hochstimmung war sogleich dahin. Der Mann war beeindruckt, weil Dudley Knowleton mit ihr getanzt hatte; er war sehr respektvoll, und seine gemessene Bewunderung langweilte sie. Nach einer kurzen Weile, so hoffte sie, würde Dudley Knowleton sie wieder abklatschen, aber als Mitternacht vorüber und dann noch eine

»SIE STECHEN ALLE ANDERN AUS,
WIE EINE AMERIKANISCHE ROSE
JEDE MENGE GÄNSEBLÜMCHEN AUSSTICHT.«

weitere Stunde vergangen war, fragte sie sich, ob das Ganze nicht vielleicht nur ein Akt der Höflichkeit gegenüber einem Mädchen aus Adeles Schule gewesen war. Wahrscheinlich hatte Adele ihm inzwischen ein nettes kleines Bild von Josephines Vergangenheit entworfen. Als er sich ihr endlich näherte, wurde sie gespannt und wachsam – ein Zustand, in dem sie äußerlich gefügig, sanft und still war. Aber anstatt mit ihr zu tanzen, zog er sie in eine Ecke, wo eine Reihe Umkleidekabinen standen.

»Adele hat auf der Treppe zum Waschraum einen kleinen Unfall gehabt. Sie hat sich den Knöchel ein bisschen verknackst und ihren Strumpf an einem Nagel zerrissen. Sie würde sich gern ein Paar Strümpfe von Ihnen leihen, weil Sie hier in der Nähe wohnen und wir weit weg im Tennisklub.«

»Natürlich.«

»Ich fahre rasch mit Ihnen rüber – ich hab mein Auto draußen stehen.«

»Aber Sie haben hier zu tun, machen Sie sich doch nicht so viel Umstände.«

»Natürlich fahre ich Sie hin.«

Es lag Tauwetter in der Luft; eine Ahnung von leisem, leuchtendem Frühling schwebte zart um die Ulmen und die Dachsimse von Gebäuden, deren Kahlheit und Kälte in der Woche zuvor so niederdrückend auf sie gewirkt hatte. Die Nacht hatte etwas Asketisches, als sickere die Essenz männlichen Kampfes überall in die kleine Stadt ein, in die Männer aus drei Jahrhunderten ihre Energie und ihre Hoffnungen gebracht hatten, auf dass dort die Spreu vom Weizen gesondert werde. Und Dudley Knowleton, der da dynamisch und tüchtig neben ihr saß, war das Symbol all dessen. Es kam ihr vor, als sei sie vor ihm nie einem Mann begegnet.

»Bitte kommen Sie herein«, sagte sie, als er mit ihr die Treppen des Hauses hinaufstieg. »Es ist sehr gemütlich hier.«

In dem dunklen Salon brannte ein offenes Feuer. Als sie mit den Strümpfen aus dem Schlafzimmer herunterkam, ging sie hinein, stand einen Augenblick lang ganz still neben ihm und blickte mit ihm in die Flammen. Dann schaute sie auf, immer noch stumm, sah zu Boden, blickte dann wieder ihn an.

»Haben Sie die Strümpfe?«, fragte er und bewegte sich ein wenig.

»Ja«, sagte sie atemlos. »Küssen Sie mich, weil ich mich so beeilt habe.«

Er lachte, als habe sie einen Witz gemacht, und ging zur Tür. Als sie ins Auto stiegen, lächelte sie und ließ sich ihre Enttäuschung nicht anmerken.

»Es war wunderbar, Sie kennenzulernen«, sagte sie. »Ich kann Ihnen gar nicht sagen, wie Sie mich beeinflusst haben!«

»Aber ich wüsste nicht, wie!«

»Doch, doch. Zum Beispiel dass man sich nicht verloben soll, bevor der richtige Zeitpunkt gekommen ist. Ich habe noch nicht viel Gelegenheit gehabt, mit einem Mann wie Ihnen zu sprechen. Sonst hätte ich wahrscheinlich andere Vorstellungen. Mir ist soeben klar geworden, dass ich mich in vielen Dingen geirrt habe. Ich wollte immer eine aufregende Frau sein. Jetzt möchte ich Leuten helfen.«

»Ja«, sagte er zustimmend, »das ist sehr nett.«

Allem Anschein nach wollte er noch mehr sagen, aber da langten sie bereits an der Sporthalle an. In ihrer Abwesenheit hatte man mit dem Abendessen begonnen, und als Josephine an seiner Seite durch den großen Saal schritt und merkte, dass viele Augen sie anstarrten, überlegte sie, ob die Leute vielleicht dachten, dass sie etwas miteinander hätten.

»Wir kommen zu spät«, sagte Knowleton, als Adele verschwand, um sich die Strümpfe anzuziehen. »Der Mann, mit dem Sie hier sind, hat Sie wahrscheinlich schon vor einer ganzen Weile verloren gegeben. Ich hole Ihnen am besten Ihr Essen her.«

»Das wäre himmlisch.«

Danach, als sie wieder die Tanzfläche betrat, bewegte sie sich in einer süßen Aura der Zerstreutheit. Die Verehrer einiger Ballschönheiten, die das Fest bereits verlassen hatten, mischten sich unter ihr eigenes Gefolge, bis kein Mädchen so häufig abgeklatscht wurde wie sie. Sogar Miss Breretons Neffe, Ernest Waterbury, tanzte voll steifer Zustimmung mit ihr. Tanzte? Sie versuchte einen Schrittwechsel und glitt einfach, links und rechts Hände fassend, von Mann zu Mann, rings um die Tanzfläche. Plötzlich empfand sie das Bedürfnis, sich auszuruhen, und wie um dieser Stimmung entgegenzukommen, stellte man ihr einen neuen Mann vor, einen hochgewachsenen, schlaksigen Burschen aus den Südstaaten mit einem überzeugenden Klang in der Stimme.

»Sie sind sehr hübsch. Ich hab mich gar nicht sattsehen können, als Ihr Gemmengesicht hier rumschwebte. Sie stechen alle andern aus, wie eine amerikanische Rose jede Menge Gänseblümchen aussticht.«

Als sie zum zweiten Mal mit ihm tanzte, hatte Josephine ein Ohr für seine flehenden Bitten.

»Also gut, gehn wir raus.«

»Ich hab nicht an draußen gedacht«, sagte er, als sie die Tanzfläche verließen. »Ich hab zufällig eine Hypothek auf einen lauschigen Winkel hier im Haus.«

»Also gut.«

Book Chaffee aus Alabama ging voran und geleitete sie durch den Waschraum und durch einen Korridor zu einer unauffälligen Tür.

»Das ist die Privatwohnung von meinem Freund Sergeant Boone, dem Batterieausbilder hier. Er wollte nur ganz sicher sein, dass es heute Nacht als lauschiger Winkel benutzt wird und nicht etwa als Lesezimmer oder so was.«

Er öffnete die Tür und knipste ein mattes Licht an; sie trat ein, er schloss die Tür hinter ihr, und sie blickten einander an.

»Ganz süß«, murmelte er. Sein großes Gesicht neigte sich über sie, seine langen Arme umschlangen sie zärtlich und sehr langsam, sodass ihre Augen einige Sekunden ineinandertauchten, zog er sie an sich. Josephine musste immerfort daran denken, dass sie bisher noch nie einen Jungen aus dem Süden geküsst hatte. Sie fuhren auseinander, als sich plötzlich draußen im Schloss ein Schlüssel drehte. Dann hörten sie ein unterdrücktes Kichern, Schritte entfernten sich, und Book sprang zur Tür und riss an der Klinke, gerade als Josephine die Entdeckung machte, dass dies nicht nur Sergeant Boones Wohnraum, sondern zugleich auch sein Schlafzimmer war.

»Wer war das?«, fragte sie. »Warum haben sie uns eingeschlossen?«

»Irgendein alberner Idiot. Dem würde ich gern ein paar verpassen.«

»Ob er zurückkommt?«

Book setzte sich aufs Bett und dachte nach. »Keine Ahnung. Ich weiß nicht mal, wer's war. Aber wenn jemand vom Komitee vorbeikäme, würde es ziemlich sonderbar aussehn, nicht wahr?«

Als er bemerkte, dass sich ihr Gesichtsausdruck veränderte, kam er zu ihr und legte den Arm um sie. »Mach dir keine Sorgen, Süße. Wir regeln das schon.«

Sie erwiderte seinen Kuss, kurz, aber ganz konzentriert. Dann riss sie sich los und ging in das Nebenzimmer, das mit Stiefeln, Uniformmänteln und anderen Militärutensilien übersät war.

»Hier oben ist ein Fenster«, sagte sie. Es war hoch in der Wand und lange Zeit nicht geöffnet worden. Book stieg auf einen Stuhl und drückte es halb auf.

»Ungefähr drei Meter bis zum Boden«, sagte er gleich darauf, »aber genau unter dem Fenster liegt ein großer Schneehaufen. Du könntest unglücklich fallen, und sicherlich werden deine Schuhe und Strümpfe klitschnass.«

»Wir müssen hier raus«, sagte Josephine scharf.

»Wollen wir nicht lieber warten und diesem albernen Kerl eine Chance geben …«

»Ich will nicht warten. Ich will hier raus. Pass auf – du wirfst die Decken raus, die auf dem Bett liegen, und ich springe drauf, oder du springst zuerst und deckst sie über den Schneehaufen.«

Was nun kam, war einfach aufregend. Book Chaffee wischte den Staub vom Fenster, damit ihr Kleid nicht schmutzig wurde; dann verhielten sie sich mäuschenstill, als sich Schritte näherten – und draußen an der Tür vorbeigingen. Book sprang, und sie hörte ihn unten mächtig fluchen, als er aus dem weichen Treibschnee hinauswatete. Er breitete die Decken aus. In dem Augenblick, als Josephine ihre Beine aus dem Fenster schwang, vernahm sie draußen vor der Tür Stimmen und hörte, wie sich der Schlüssel im Schloss drehte. Sie landete weich, griff nach seiner Hand, und sich vor Lachen schüttelnd, rannten und schlitterten sie an dem Gebäude entlang bis zur Ecke hin, und als sie am Eingang der Sporthalle ankamen, blieben sie ein Weilchen keuchend stehen und atmeten tief in der kalten Nacht. Book zögerte hineinzugehen.

»Warum soll ich dich nicht zu deinem Quartier bringen? Wir könnten noch ein bisschen zusammensitzen und uns von dem Schreck erholen.«

Sie zögerte. Durch ihr gemeinsames Abenteuer fühlte sie sich zu ihm hingezogen; aber etwas rief sie hinein, als erwarte sie da drinnen die Erfüllung ihrer Sehnsucht. »Nein«, entschied sie.

Als sie hineingingen, stieß sie mit einem Mann zusammen, der es sehr eilig hatte, und als sie aufsah, war es Dudley Knowleton.

»Verzeihung«, sagte er. »Oh, hallo ...«

»Wollen Sie nicht mit mir zu meiner Umkleidekabine tanzen?«, bat sie ihn, einem Impuls folgend. »Ich hab mir mein Kleid zerrissen.«

Als sie tanzten, sagte er geistesabwesend: »Wissen Sie, es ist etwas Unangenehmes passiert, und mir wird die Schuld in die Schuhe geschoben. Ich wollte die Sache gerade untersuchen.«

Ihr Herz schlug wild, und sie wünschte sich, sofort ein ganz anderer Mensch zu sein.

»Ich kann Ihnen gar nicht sagen, wie wichtig es für mich ist, dass ich Sie kennengelernt habe. Es wäre herrlich, wenn ich einen Freund hätte, mit dem ich über alles sprechen könnte, ohne Albernheiten und sentimentalen Unsinn. Hätten Sie etwas dagegen, wenn ich Ihnen schreibe – ich meine, hätte Adele etwas dagegen?«

»Lieber Gott, nein.« Sein Lächeln war für sie ganz unergründlich geworden. Als sie bei der Umkleidekabine ankamen, fiel ihr noch etwas anderes ein.

»Ist es wahr, dass die Baseballmannschaft über Ostern in Hot Springs trainiert?«

»Ja. Fahren Sie dorthin?«

»Ja. Gute Nacht, Mr Knowleton.«

Aber sie sollte ihn noch einmal sehen. Das geschah vor der Herrengarderobe, wo sie inmitten bleicher Übriggebliebener und ihrer noch bleicheren Mütter wartete, deren Falten sich im Laufe der Nacht verdoppelt und verdreifacht hatten. Er erklärte Adele etwas, und Josephine hörte den Satz: »Die Tür war verschlossen, und das Fenster stand offen ...«

Plötzlich begriff Josephine, dass er, als sie nass und atemlos am Eingang mit ihm zusammengestoßen war, die Wahrheit geahnt haben musste – und Adele würde ihn zweifellos in seinem Verdacht bestärken. Wieder einmal stieg der Geist ihrer alten Feindin, des reizlosen und eifersüchtigen Mädchens, vor ihr auf. Sie presste den Mund fest zusammen und wandte sich ab.

Aber die beiden hatten sie entdeckt, und Adele rief ihr mit ihrer fröhlichen, klangvollen Stimme zu: »Komm her und sag uns Gute Nacht. Das mit den Strümpfen war reizend von dir. Josephine würde sich nie albern benehmen, Dudley.« Impulsiv beugte sie sich vor und küsste Josephine auf die Backe.

»Du wirst sehen, dass ich recht habe, Dudley – nächstes Jahr ist sie das angesehenste Mädchen der ganzen Schule.«

3 Wie es in den endlosen Tagen des Frühmärz so zu gehen pflegt, geschah das Folgende sehr schnell. Der Jahresball der obersten Klasse von Miss Breretons Schule fand an einem Abend statt, der mit Frühling durchtränkt war, und alle Mädchen der unteren Klassen lagen wach und horchten auf die seufzenden Melodien aus der Turnhalle. Zwischen den einzelnen Tänzen, wenn Jungen aus New Haven und Princeton auf dem Schulgelände herumschlenderten, glitten aus dunklen, offenen Fenstern klösterliche Blicke zu den schattenhaften Gestalten hin.

Josephine warf keine Blicke, obwohl sie wach lag wie die anderen. Solche Ersatzzerstreuungen hatten keinen Platz in den nüchternen Mustern, die sie nun täglich spann; doch genauso gut hätte sie in der vordersten Reihe derer sein können, die den Jungen etwas zuriefen und Briefchen runterwarfen und Unterhaltungen mit ihnen begannen, denn das Schicksal hatte sich plötzlich gegen sie gewendet und spann sein eigenes dunkles Gespinst.

»Lit-tle lady, don't be depressed and blue,
After all, we're both in the same canoo ...«

Dudley Knowleton war drüben in der Turnhalle, nur fünfzig Meter weit entfernt, aber die Nähe eines Mannes erregte Josephine nicht mehr so wie vor einem Jahr – zumindest nicht in der gleichen Weise. Das Leben, so erkannte sie jetzt, war eine ernste Angelegenheit, und in der züchtigen Dunkelheit musste sie unaufhörlich an eine Zeile aus einem Roman denken: »Dieser Mann ist geeignet, der Vater meiner Kinder zu sein.« Was bedeuteten die verführerischen Reize von hundert grünen Jungen im Vergleich zu solchen Realitäten! Man konnte nicht ewig fast fremde Männer hinter halb geschlossenen Türen küssen.

Unter ihrem Kissen lagen jetzt zwei Briefe, Antworten auf ihre Briefe. In einer kühnen, wohlgerundeten Handschrift wurde darin vom Beginn des Baseballtrainings erzählt; man war glücklich, dass Josephine die Dinge so und nicht anders betrachtete, und der Schreiber freute sich darauf, sie Ostern wiederzusehen. Von allen Briefen, die sie je erhalten hatte, waren es diejenigen, aus denen man am schwersten auch nur einen einzigen Tropfen Herzblut herauspressen konnte – man konnte nicht einmal das »Ihr« der Unterschrift als heimliches »dein« lesen –, aber Josephine kannte sie auswendig. Sie waren kostbar, weil er sich die Zeit genommen hatte, ihr zu schreiben; selbst die Briefmarken waren beredt, weil er so wenige benutzte.

Sie war ruhelos in ihrem Bett – in der Turnhalle hatte die Musik wieder zu spielen begonnen:

»Oh, my love, I've waited so long for you,
Oh, my love, I'm singing this song for you –
Oh – h – h –«

Aus dem angrenzenden Zimmer kam leises Lachen und dann von unten eine männliche Stimme und ein langer Austausch Heiterkeit erregender geflüsterter Mitteilungen. Josephine erkannte Lillians Lachen und die Stimmen von zwei anderen Mädchen. Sie konnte sich vorstellen, wie sie in ihren Nachthemden im Fenster lagen und ihre Köpfe von unten gerade noch sichtbar waren. »Kommt doch runter«, sagte einer der Jungen immer wieder. »Ziert euch nicht – kommt so, wie ihr seid.«

Plötzlich trat Stille ein, man hörte das Knirschen schneller Schritte auf dem Kies, unterdrücktes Kichern, Davonrennen, das scharfe, protestierende Ächzen mehrerer Betten im nächsten Zimmer und das Zuschlagen einer Tür am anderen Ende des Korridors. Vielleicht bekam jemand Ärger. Ein paar Minuten später wurde Josephines Tür halb geöffnet, einen kurzen Augenblick lang sah sie Miss Kwain im trüben Licht des Korridors stehen, dann schloss sich die Tür wieder.

Am folgenden Nachmittag wurden Josephine und vier andere Mädchen, von denen alle leugneten, auch nur ein einziges Wort in die Nacht gehaucht zu haben, auf Bewährung gesetzt. Man konnte absolut nichts dagegen tun. Miss Kwain hatte ihre Gesichter im Fenster erkannt, und sie waren alle aus den beiden Zimmern. Es war eine Ungerechtigkeit, aber es war gar nichts verglichen mit dem, was als Nächstes geschah. Eine Woche vor den Osterferien machte die ganze Schule einen Tagesausflug, um eine Milchfarm zu besichtigen – alle außer denen, die Bewährung bekommen hatten. Miss Chambers, der Josephines Pech leidtat, nahm ihre Dienste in Anspruch, um Mr Ernest Waterbury zu unterhalten, der ein Wochenende mit seiner Tante verbrachte. Das war nicht gerade sehr viel, denn Mr Waterbury war ein äußerst langweiliger, äußerst eingebildeter junger Mann. Er war so langweilig und so eingebildet, dass Josephine am nächsten Morgen von der Schule flog.

Folgendes war geschehen: Sie waren auf dem Schulgelände herumgeschlendert, sie hatten an einem Gartentisch gesessen und Tee getrunken. Ein paar Minuten, bevor das Auto seiner Tante die Auffahrt heraufrollte, hatte Ernest Waterbury den Wunsch geäußert, sich etwas in der Kapelle anzusehen. Man gelangte zur Kapelle, indem man eine dem Mittelalter nachempfundene Wendeltreppe hinunterstieg, und da Josephines Schuhe noch nass vom Garten waren, war sie auf der obersten Stufe ausgerutscht und anderthalb Meter tief gefallen, direkt in Mr Waterburys keineswegs bereitwillige Arme, in denen sie hilflos lag, von unwiderstehlichem Lachen geschüttelt. In dieser Stellung hatten Miss Brereton und der Herr aus dem Verwaltungsrat der Schule, der gerade zu Besuch gekommen war, sie gefunden.

»Aber ich konnte doch nichts dafür!«, erklärte der ungalante Mr Waterbury. Der aufgeregte und beleidigte junge Mann wurde nach New Haven zurückgeschickt, und Miss Brereton, die diesen Vorfall mit der Sünde der letzten Woche in Zusammenhang brachte, verlor ganz und gar den Kopf. Josephine, gedemütigt und wütend, verlor ihrerseits den Kopf, und Mr Perry, der zufällig in New York war, traf noch am selben Abend in der Schule ein. Angesichts seiner leidenschaftlichen Entrüstung brach Miss Brereton zusammen und trat den Rückzug an, aber das Porzellan war zerschlagen, und Josephine packte ihren Koffer. Gerade als ihr Schulleben angefangen hatte, wichtig für sie zu werden, war es unerwarteter- und ungeheuerlicherweise bereits zu Ende.

Im Augenblick richteten sich ihre Gefühle gegen Miss Brereton, und die einzigen Tränen, die sie vergoss, als sie die Schule verließ, waren Tränen des Zorns und des Grolls. Als sie mit ihrem Vater nach New York fuhr, merkte sie, dass er, der zuerst instinktiv und rückhaltlos ihre Partei ergriffen hatte, sich doch auch etwas über ihr Pech ärgerte.

»Wir werden es alle überleben«, sagte er. »Leider wird es sogar diese alte Idiotin Miss Brereton überleben. Sie sollte eine Erziehungsanstalt leiten.« Er brütete einen Augenblick vor sich hin. »Jedenfalls kommt morgen deine Mutter her und ihr beide könnt nach Hot Springs fahren, wie du geplant hast.«

»Hot Springs!«, rief Josephine mit erstickter Stimme. »Nein, nein!«

»Warum denn nicht?«, fragte er erstaunt. »Mir scheint, das ist das Beste, was ihr tun könnt. Dann legt sich die ganze Aufregung, bevor du nach Chicago zurückfährst.«

»Ich möchte lieber gleich nach Chicago zurück«, sagte Josephine atemlos. »Papa, ich möchte viel lieber gleich nach Chicago zurück.«

»Aber das ist doch unsinnig! Deine Mutter ist in den Osten abgereist, und alle Vorbereitungen sind getroffen. In Hot Springs kannst du ausgehen und reiten und Golf spielen und diese alte Hexe vergessen …«

»Gibt es im Osten nicht noch was anderes, wo wir hinfahren könnten? In Hot Springs sind Leute, die ich kenne, die über diese Sache genau Bescheid wissen, Leute, denen ich nicht begegnen möchte – Mädchen aus der Schule.«

»Aber, Jo, du musst die Ohren steifhalten – das ist jetzt nötig. Es tut mir leid, dass ich vorhin sagte, die Aufregung in Chicago wird sich legen; wenn wir nicht andere Pläne gemacht hätten, würden wir jetzt zurückfahren und den alten Schreckschrauben und dem Klatsch in der Stadt die Stirn bieten. Wenn man sich in eine Ecke verkriecht, dann denken alle, du hast was ausgefressen. Wenn jemand wissen will, was los war, dann erzählst du ihm die Wahrheit – was ich Miss Brereton gesagt habe. Du erzählst ihnen, dass sie gesagt hat, du könntest zurückkommen, und dass ich dich auf keinen Fall zurücklasse.«

»Die glauben das ja doch nicht.«

Auf alle Fälle würde sie vier Tage Ruhe und Erholung in Hot Springs haben, bevor die Schulferien begannen. Josephine verbrachte diese Zeit mit Golfstunden, die ihr ein Golflehrer erteilte, der gerade erst aus Schottland gekommen war und also bestimmt nichts von ihrem Missgeschick wusste. An einem Nachmittag ritt sie sogar mit einem jungen Mann aus, zu dem sie beinahe Zutrauen empfand, als er ihr gestand, dass er im Februar sein Studium in

»GUT, ABER ICH MÖCHTE NIEMAND KENNENLERNEN. SIE MÜSSEN DEN GANZEN ABEND MIT MIR TANZEN.«
»SIE WISSEN, DASS MIR DAS SEHR RECHT IST.«

Princeton abgebrochen hatte – ein Geständnis, das sie indessen nicht erwiderte. Doch an den Abenden blieb sie trotz der dringenden Bitten des jungen Mannes bei ihrer Mutter, der sie sich enger verbunden fühlte als je zuvor.

Aber eines Nachmittags erblickte Josephine in der Hotelhalle an der Rezeption zwei Dutzend gut aussehende junge Männer, die neben einem Stapel von Baseballschlägerfutteralen und Reisetaschen warteten, und sie wusste, dass das, was sie befürchtete, nun bevorstand. Sie lief nach oben und aß dort zu Abend, ein erfundenes Kopfweh vortäuschend; nach dem Essen ging sie in ihren Zimmern ruhelos auf und ab. Sie schämte sich nicht nur über ihre Lage, sondern auch über die Art, wie sie darauf reagierte. Nie hatte sie Mitleid mit den Mauerblümchen, die sich in Ankleideräumen herumdrückten, weil sie keine Tanzpartner fanden, oder mit Mädchen, die in Lake Forest Außenseiter waren, und nun war sie genauso wie sie – versteckte sich jämmerlich vor dem Leben. Voller Angst, ob man ihr die Veränderung vielleicht bereits vom Gesicht ablesen könnte, blieb sie vor dem Spiegel stehen, wie immer fasziniert von dem, was sie dort sah.

»Die verdammten Idioten«, sagte sie laut. Und als sie es sagte, ging ihr Kinn hoch, und die zarte Wolke über ihren Augen schwand. Die Sätze der zahllosen Liebesbriefe, die sie bekommen hatte, zogen an ihren Augen vorüber; hinter ihr war schließlich das beruhigende Wissen um hundert vergessene flehende Gesichter, um unzählige zärtliche und flehende Stimmen. Ihr Stolz strömte in sie zurück, bis sie sehen konnte, wie ihr das warme Blut in die Wangen stieg.

Da klopfte es an die Tür – es war der Junge aus Princeton.

»Wie wär's, wenn Sie runterkommen?«, schlug er vor. »Unten wird getanzt. Alles voll von E-lies, die ganze Baseballmannschaft von Yale. Ich werde mir einen rausfischen und Sie mit ihm bekannt machen, und Sie werden sich großartig amüsieren. Wie wär's?«

»Gut, aber ich möchte niemand kennenlernen. Sie müssen den ganzen Abend mit mir tanzen.«

»Sie wissen, dass mir das sehr recht ist.«

Eilig schlüpfte sie in ein neues Frühlingsabendkleid von zartestem Feenblau. Es war aufregend, sich in diesem Kleid zu sehen; es war, als habe sie die alte Winterhaut abgestreift und sei als schim-

mernde fleckenlose Puppe wieder zum Vorschein gekommen; und als sie die Treppe hinunterging, verfielen ihre Füße in den Takt der Musik, die von unten heraufklang. Es war eine Melodie aus einem Stück, das sie vor einer Woche in New York gesehen hatte, eine Melodie mit Zukunft, geeignet für ungeahnte Feste, für Liebhaber, wie sie ihr noch nicht begegnet waren. Als sie anfing zu tanzen, war sie sicher, dass das Leben zahllose Anfänge hatte. Sie hatte kaum zehn Schritte getanzt, als sie von Dudley Knowleton abgeklatscht wurde.

»Ah, Josephine!« Noch nie hatte er sie beim Vornamen genannt – er stand da und hielt ihre Hand. »Ah, ich freue mich so, Sie zu sehen. Ich habe so sehr gehofft, dass Sie hier sein würden.«

Sie stieg zum Himmel empor auf einer Rakete der Überraschung und des Entzückens. Er freute sich tatsächlich, sie zu sehen – der Ausdruck seines Gesichts war ganz bestimmt aufrichtig. Konnte es möglich sein, dass er nichts gehört hatte?

»Adele schrieb mir, dass Sie vielleicht hier sind. Sie wusste es nicht genau.«

Dann wusste er es, und es war ihm egal; er mochte sie trotzdem gern.

»Ich gehe in Sack und Asche«, sagte sie.

»Das steht Ihnen aber sehr gut.«

»Sie wissen, was passiert ist …«, wagte sie zu sagen.

»Ich weiß. Ich hätte nicht darüber gesprochen, aber alle sind der Meinung, dass Waterbury sich wie ein Trottel benommen hat – und das wird ihm bei den Wahlen im nächsten Monat nicht gerade nützen. Hören Sie – Sie sollten mit ein paar Männern tanzen, die nach etwas Schönheit hungern.«

Gleich darauf tanzte sie, so schien es ihr, mit der ganzen Mannschaft auf einmal. Ab und zu klatschte Dudley Knowleton sie ab und ebenso der Mann aus Princeton, der wegen der unerwarteten Konkurrenz etwas ungehalten war. Es waren viele Mädchen aus vielen Schulen im Saal, aber mit bewundernswertem Teamgeist legten die Männer aus Yale eine deutliche Vorliebe für Josephine an den Tag; man wählte sie bereits auf den Stühlen aus, die in einer Reihe an der Wand standen.

Aber innerlich wartete sie auf das, was kommen musste, auf den Augenblick, in dem sie mit Dudley Knowleton in die warme südliche Nacht hinausgehen würde. Es kam ganz von selbst, genau am Ende eines Tanzes, und sie schlenderten einen Weg entlang, der von früh blühenden Fliederhecken eingefasst war, und bogen um eine Ecke und wieder um eine Ecke ...

»Sie freuten sich, mich zu sehen, nicht wahr?« sagte Josephine.

»Natürlich.«

»Zuerst hatte ich Angst. Ihretwegen bedauerte ich, was in der Schule passiert war. Ich hatte mir solche Mühe gegeben, anders zu sein – Ihretwegen.«

»Sie dürfen nicht mehr an diese Schulgeschichte denken. Alle, auf die es ankommt, wissen, dass man Sie ungerecht behandelt hat. Vergessen Sie das Ganze und fangen Sie neu an.«

»Ja«, stimmte sie ruhig zu. Sie war glücklich. Der leichte Wind und der Fliederduft – das war sie, schön und unfassbar; die aus Baumästen verfertigte Bank, auf der sie saßen, und die Bäume – das war er, hart und stark neben ihr, sie beschützend.

»Ich habe immer gedacht, dass ich Sie hier treffen würde«, sagte sie nach einem Augenblick. »Sie haben mir so viel gegeben, dass ich dachte, ich könnte Ihnen vielleicht in anderer Art auch etwas geben – ich meine, ich kenne Möglichkeiten, sich angenehm die Zeit zu vertreiben, die Sie nicht kennen. Zum Beispiel müssen wir unbedingt mal abends im Mondschein ausreiten. Das wird fein.«

Er antwortete nicht.

»Ich kann sehr nett sein, wenn ich jemand mag – das ist wirklich nicht oft der Fall«, warf sie hastig ein, »jedenfalls nicht im Ernst. Aber ich meine, wenn ich im Ernst das Gefühl habe, dass ein Junge und ich wirklich Freunde sind, dann will ich nicht, dass eine ganze Meute von andern Jungen immer um mich rum ist und mir die Zeit wegnimmt. Ich möchte die ganze Zeit mit ihm zusammen sein, den ganzen Tag und den ganzen Abend. Geht es Ihnen nicht auch so?«

Er bewegte sich ein wenig auf der Bank; er beugte sich vor, die Ellbogen auf die Knie gestützt, und betrachtete seine kräftigen Hände. Ihre sanft tönende Stimme wurde noch etwas leiser.

»Wenn ich jemand gernhabe, mag ich nicht mal tanzen. Es ist viel schöner, allein zu sein.«

Einen Augenblick Stille.

»Ach, wissen Sie« – er zögerte und runzelte die Stirn – »im Augenblick habe ich eine Menge Verabredungen, die ich schon früher mit ein paar Leuten getroffen habe.« Er stockte betreten. »Tatsächlich bin ich nur noch bis morgen im Hotel. Dann bin ich bei Leuten, die ein Haus weiter unten im Tal haben – auf einer Art Hausparty. Und übrigens kommt morgen Adele her.«

In ihre eigenen Gedanken versunken, hörte sie zuerst kaum hin, aber als der Name fiel, hielt sie plötzlich den Atem an.

»Wir gehen beide zu der Hausparty, und ich glaube, mehr oder weniger steht es schon fest, was wir tun werden. Den Tag über bin ich natürlich hier zum Baseballtraining.«

»Ich verstehe.« Ihre Lippen zitterten. »Sie werden nicht – Sie werden mit Adele zusammen sein.«

»Ich glaube – doch, bestimmt – mehr oder weniger. Sie wird Sie – natürlich sehen wollen.«

Erneutes Schweigen, während er seine großen Finger ineinander verschränkte und sie diese Gebärde hilflos imitierte.

»Ich habe Ihnen nur leidgetan«, sagte sie. »Sie mögen Adele – viel lieber.«

»Adele und ich, wir verstehen uns. Sie ist mehr oder weniger mein Ideal gewesen, seit wir beide Kinder waren.«

»Und ich bin nicht die Art Mädchen, die Sie mögen.« Josephines Stimme zitterte vor Angst. »Sicher, weil ich eine Menge Jungen geküsst habe und als leicht gelte und einen Skandal hervorgerufen habe.«

»Das ist es nicht.«

»Doch, das ist es«, erklärte sie leidenschaftlich. »Ich bezahle jetzt eben für alles.« Sie stand auf. »Bringen Sie mich jetzt lieber wieder hinein, damit ich mit der Art Jungen tanzen kann, die sich was aus mir machen.«

Sie ging schnell den Weg zurück, und Tränen des Jammers strömten aus ihren Augen. An der Treppe holte er sie ein, aber sie schüttelte nur den Kopf und sagte: »Entschuldigen Sie, dass ich so unverschämt war. Ich werde schon einmal erwachsen werden. Ich habe nur bekommen, was ich verdient habe – es ist in Ordnung.«

Als sie sich ein wenig später auf der Tanzfläche nach ihm umschaute, war er verschwunden – und es bedeutete einen Schock für Josephine, als ihr klar wurde, dass sie sich zum ersten Mal in ihrem Leben vergeblich um einen Mann bemüht hatte. Aber außer bei sehr jungen Menschen kann nur Liebe Liebe wecken, und von dem Augenblick an, da Josephine entdeckt hatte, dass sein Interesse für sie nichts als Freundlichkeit war, merkte sie, dass nicht ihr Herz, sondern nur ihr Stolz verwundet war. Sie würde ihn schnell vergessen, aber sie würde nie vergessen, was sie von ihm gelernt hatte. Es gab zwei Arten von Männern – solche, mit denen man spielte, und solche, die man vielleicht heiraten würde. Und als ihr dies durch den Kopf ging, glitten ihre ruhelosen Augen zufällig an einer Gruppe von jungen Männern und jungen Damen entlang und blieben ganz flüchtig auf Mr Gordon Tinsley haften, der besten Partie von Chicago, von dem es hieß, er sei der reichste junge Mann des Mittelwestens. Bis zu diesem Abend hatte er Josephine nie die geringste Aufmerksamkeit geschenkt; vor zehn Minuten jedoch hatte er sie gebeten, morgen eine Autopartie mit ihm zu machen.

Aber sie fand ihn nicht anziehend – und sie beschloss, seine Einladung abzulehnen. Man durfte Leute nicht vorzeitig verbrauchen und um einer romantischen halben Stunde willen eine Möglichkeit verschenken, die sich später, zur richtigen Zeit, ganz ernsthaft entwickeln konnte. Sie wusste nicht, dass dies der erste erwachsene Gedanke ihres Lebens war, aber er war es.

Die Kapelle packte ihre Instrumente zusammen, und der Mann aus Princeton war immer noch an ihrer Seite, bestürmte sie immer noch, sie solle mit ihm einen Spaziergang in die Nacht hinaus machen. Ohne zu überlegen, wusste sie, zu welcher Sorte Männer er gehörte – und der Mond war hell, sogar in den Fenstern. Also nahm sie mit einem gewissen Gefühl der Erleichterung seinen Arm, und sie schlenderten zu der freundlichen Laube hin, die sie erst vor Kurzem verlassen hatte, und ihre Gesichter wandten sich einander zu wie kleine Monde unter dem großen weißen Mond, der hoch über dem Blue Ridge hing; sein Arm senkte sich sanft auf ihre willfährige Schulter.

»Na?«, flüsterte er.

»Na?«

F. Scott Fitzgerald

DAS AUTO

IM SOMMER, als ich nach Monaten zum ersten Mal wieder in Shelter Island war, gab mein Auto auf dem Supermarkt-Parkplatz den Geist auf.

Shelter Island ist ein ruhiger Flecken, zwei Stunden Fahrzeit von Manhattan entfernt. Jedes Jahr verbringe ich einen Teil des Sommers dort. Der Puls der Insel spiegelt sich im Polizeibericht, der einmal wöchentlich im Shelter Island Reporter veröffentlicht wird.

Letzte Woche meldete der Polizeibericht drei verschiedene Unfälle, bei denen ein Wildtier von einem Automobil angefahren worden war. Und es wurde berichtet, dass jemand sich über Hundegebell beschwert hatte und dass ein Arbeiter der Telefongesellschaft von einem Truthahn angefallen worden war. »Der Besitzer des Aggressors konnte den Vogel einfangen. Schadenersatz wurde nicht geltend gemacht«, schloss der Bericht.

Dass mein Auto den Geist aufgab, ärgerte mich maßlos. Ich hatte mich auf Ruhe und Einsamkeit gefreut. Immer wieder drehte ich den Zündschlüssel in der Hoffnung, den Wagen doch noch zu starten. Der Motor gab keinen Mucks von sich. Meine Bemühungen waren aussichtslos.

Ich mag mein Auto nur, wenn es funktioniert. Jedes wärmere Gefühl, das ich einmal für diesen Wagen empfunden haben mag, hat sich rapide abgekühlt, seit er begonnen hat auseinanderzufallen.

Es ist ein Lincoln Continental, Baujahr 1986.

Ich bin schon im Kreis gefahren, bis mir schwindlig wurde, um zu sehen, ob der Wagen angeben konnte, dass wir nach Süden oder Südwesten fuhren. Er konnte es nicht.

Als er auf dem Supermarkt-Parkplatz den Geist aufgab, war ich erbost. Das war der letzte Tropfen.

Ich starrte das Auto zornig an. Nichts geschah. Ein Auto einzuschüchtern ist ähnlich schwer, wie die eigenen erwachsenen Kinder einzuschüchtern. Ich stieg aus und trat gegen einen der Reifen. Es brachte mir keine Erleichterung.

Ich versuchte mich zu beruhigen. Mich daran zu erinnern, dass ich hergekommen war, um Ruhe zu finden. Um gewöhnliche Dinge zu tun. Zum Beispiel einen Automechaniker anzurufen und auf ihn zu warten.

»Wagen defekt?«, fragte ein Mann, der an mir vorbeikam. Ich nickte finster. »Ich glaube, die Batterie ist leer«, sagte ich. Er ging zu seinem Wagen, um ein Starthilfekabel zu holen.

Als er fünf Minuten später wiederkam, hatten mittlerweile drei Leute angeboten, einen Automechaniker für mich zu holen. Aber das Starthilfekabel genügte. Der Wagen sprang an.

Ich fuhr rückwärts aus meiner Parklücke. Ich hatte gerade genug Zeit, ein Gefühl des Triumphs zu empfinden, bevor der Wagen stehen blieb. Ich befand mich noch immer auf dem Parkplatz. Ich stieg aus.

Die allgemeine Meinung auf dem Parkplatz war die, dass ich eine neue Batterie benötigte. Die Stimmung rings um mein streikendes Auto war munter und ausgelassen.

Eine Stunde nachdem mein Auto zum ersten Mal den Geist aufgegeben hatte, besaß ich einige neue Freunde.

Schließlich bekamen wir den Wagen wieder in Gang. Ich fuhr in die Werkstatt. Unterwegs blieb er drei weitere Male stehen.

Jedes Mal hielten Leute neben mir an und boten ihre Hilfe an. Alle waren hilfsbereit. Männer und Frauen beugten sich über den Motor.

Als die neue Batterie eingebaut war, war es später Nachmittag. Ich war nicht am Strand gewesen, wo ich zu sitzen pflege und wachsamen Auges nach Kriebelmücken und Stechmücken Ausschau halte, weil ich Insektenstiche nicht vertrage.

Ich hatte nicht im Teich geschwommen und dabei versucht, nicht an die bissige Schildkröte zu denken, die dort lebt. Ich hatte den schönsten Tag seit Jahren auf dem Land verbracht.

Lily Brett

ICH MERKTE, DASS ES MIR SPASS MACHTE. ALLE WAREN SO FRÖHLICH UND SO HILFSBEREIT. AUF DIESEM SUPERMARKT-PARKPLATZ HERRSCHTE EINE BESSERE STIMMUNG ALS BEI DEN MEISTEN ESSENSEINLADUNGEN.

DIE VERLOBUNGSJAGD

ES WAR NEUN UHR MORGENS. – In der Nacht schien Schnee gefallen zu sein. Jedenfalls versuchten die Dächer den entsprechenden Eindruck zu erwecken. Es gelang ihnen freilich nur stellenweise … Die Straßen sahen abscheulich aus. Und die Passanten schoben die Füße durch den Schmutz, als übten sie Skilaufen.

Herr Doktor Enterlein vollführte gerade die letzte Kniebeuge, schloß dann das Schlafzimmerfenster, schlüpfte in die Pyjamajacke und schlenderte in seine Wohnstube hinüber. Im Ofen prasselte Holz. Enterlein rieb sich die Hände, goß Tee ein, suchte nach Post, fand nur die Zeitung und setzte sich, faul und gähnend, vor den Schreibtisch. Erst trommelte er mit den Fingern auf der Stuhllehne herum. Dann klapperte er, zirka eine Minute, mit dem Federhalter. Und schließlich wandte er seine ungeteilte Aufmerksamkeit dem Abreißkalender zu. Er entsann sich, daß morgen Neujahr sei. Also war heute Silvester. Im Anschluß an diese unbestreitbare Erwägung begann er die überholten Datumzettel abzurupfen, bis die Rechnung stimmte: 31. Dezember. Enterlein fiel dabei eine Notiz ins Auge. Er beugte sich träge vornüber, um lesen zu können – und sprang hoch, als habe er sich versehentlich auf eine heiße Herdplatte gesetzt …

Das Kalenderblatt aber sah folgendermaßen aus:

Dezember 31 Tage

31
Dezember

Schlußtermin der Wette mit Bettina (1000 Mark).
Muß unter allen Umständen gewonnen werden!

Herr Doktor Enterlein stand längere Zeit vor seinem Schreibtisch, als sei er festen Willens, blödsinnig zu werden. Sein Gesicht ließ hierüber nicht den geringsten Zweifel zu. – Dann stieß er einen Laut aus, der seinem Bildungsgrad in keiner Weise entsprach. Und zwei Minuten später lehnte er, zum Ausgehen fertig, an der Tür. Er warf noch einen Blick ins Zimmer, als nehme er auf Jahre hinaus Abschied. – Plötzlich schien er sich eines bessern zu besinnen, stürzte zum Telephon, stellte den Anschluß her und sprach minutenlang mit irgend jemandem. Dann hängte er ab, notierte etwas, schob den Hut aus der Stirn und telephonierte von neuem. Wieder hängte er ab. Wieder machte er Notizen. Und telephonierte zum dritten Mal.

Eine volle Stunde mochte er mit diesem abwechslungsreichen Einerlei zugebracht haben, als er aufstand, Hut und Mantel ablegte, ein großes Stück weißen Papiers aus einer Mappe nahm und, unter eifriger Benutzung seiner Notizen, etwas entwarf, was einem Stundenplan verteufelt ähnlich sah. – Und zwar so:

4h	Café »Magnet«	Melitta Stoeckel
4h³⁰	Intime Bar	Ruth Gwinner
5h	Café »Buen Retiro«	Lucie Schädlich
5h³⁰	Exzelsiordiele	Katrin Perlbach
6h	Café »Blaue Hand«	Josefine Basch
6h³⁰	Prinzeß-Kasino	Ursel Bansin
7h	Klubhaus A. S. C.	Mix Meyer
7h³⁰	Café »Walfisch«	Alice Stetten

Halb vier Uhr saß Doktor Enterlein bereits im Cafe »Magnet« und trank Kognaks. Um vier wollte er sich mit Fräulein Melitta Stoeckel treffen. Fünf Minuten vor halb fünf kam sie denn auch. – Enterlein blickte, statt sie anzuschauen, giftig auf die Uhr, deren Zeiger weiterrückten; das Mädchen bestellte sich Kaffee und Torte, musterte ihn neugierig und schien keineswegs ohne Anteilnahme. Schließlich fragte sie ihn, was er eigentlich wolle. Er stand, statt zu antworten, auf. Zog den Mantel an. Fräulein Stoeckel war erstaunt und aß Torte. Dann sagte sie: »Du solltest ein bißchen in den Engadin fahren, Robert. Die Luft dort oben würde dir gut tun. Ich kann dir in Pontresina ein ausgezeichnetes Hotel empfehlen. Es heißt ... na, wie heißt es doch gleich?« Robert Enterlein knöpfte den linken Handschuh und sprach: »Melitta, willst du dich mit mir verloben?« Sie prüfte sein Gesicht und meinte, St. Moritz wäre für Gemütskranke zu lebhaft. Dann fragte sie aber doch: »Wann?« –

Er nahm den Hut vom Nagel und murmelte resigniert: »Sofort.« Darauf lachte sie. Er zuckte zusammen, hielt seine Hand hin und sagte: »Auf Wiedersehen, Kindchen!« Nun wurde sie böse; erkundigte sich, was ihm eigentlich einfalle, sie bei solchem Wetter aus dem Haus zu locken; ob er denn glaube, Verlobungen würden beim Adieusagen erledigt! Im übrigen sei sie nicht etwa abgeneigt. Aber so schnell gehe es keinesfalls. Sie könne ja gelegentlich mal mit den Eltern Rücksprache nehmen. Zwar gebe es da einen gewissen Herrn Haferkorn, den der Vater für sie ...

Enterlein befand sich inzwischen längst auf der Straße, winkte einem Auto, rief »Intime Bar!«, stieg ein und begann, als Melitta ihren Satz beendet hatte, gerade damit, auf Ruth Gwinner zu warten ...

Es hat keinen Sinn, Robert Enterleins Nachmittagsbeschäftigung länger zu verfolgen. Die anderen sieben Mädchen rieten ihm, der Reihe nach, sieben andere Erholungsreisen. Siebenmal noch wurde er für geistig leicht gestört erklärt. Siebenmal wurde sein ungestümer Drang zur Verlobung nachdrücklich unbescheiden gefunden und abgelehnt. Und noch siebenmal wurde ihm bedeutet, daß man seiner Nachfrage (allerdings bei längerer Lieferungsfrist) ein günstiges Angebot recht wohl in Aussicht stellen könne.

Vom Leid gebeugt, vom Schneetreiben durchnäßt und marode kehrte Herr Doktor Enterlein gegen acht Uhr nach Hause zurück. Dort sank er in den ersten besten Stuhl und ließ den Kopf, auf dem der Hut noch saß, hängen. Was er tat und dachte, bleibt der Beschreibung unzugänglich. Denn er tat und dachte nichts. – Sein Inneres glich einem großen Theater, dessen Schauspieler nach Haus gingen, da keine Zuschauer kamen …

An den Fenstern wirbelten die Flocken vorbei, als hätten sie es eilig. Die Straßenpassanten marschierten mit schiefen Köpfen gegen den Wind und zogen die Füße aus dem Schlick, als hätten sie sich verbrannt. Hundewetter war der richtige Ausdruck …

Und dann klingelte das Telephon. Enterlein stolperte durch das dunkle Zimmer und murmelte: »Hallo.« Die Stimme am andern Ende mußte ihm bekannt sein; denn er unterdrückte einen Fluch und fragte, so harmlos als es gehen wollte: »Was ist denn los, Bettina? Waaas? – Wette zwischen uns? Das muß ein Irrtum sein! … allen Ernstes, ich hab' keine Ahnung mehr. Worum handelte sich's denn?«

Bettina schien an dieser Stelle des Gesprächs ein ausführliches Lachen für gut zu finden; denn Enterlein fuchtelte wütend mit einem Arm in der Luft herum und sagte mild: »Beruhige dich doch, bitte, und verrate mir lieber den Gegenstand unserer Wette … hm? … so, so … ist schon möglich … Nun, und? – Aber das ist ja Irrsinn, meine Liebe! In diesem Jahre verloben, sagst du, oder tausend Mark? … urkundlich festgelegt? … oooh. – Das wird das Beste sein … sofort? – Ich möchte nur erst etwas essen. Vielleicht in einer halben Stunde? Schön. Auf Wiedersehen, Bettina!«

Es darf für erwiesen und glaubhaft gelten, daß Robert Enterlein nichts aß. Er hockte viel mehr zehn Minuten in ernster Arbeit am Schreibtisch; zählte das Geld in Brieftasche und Schatulle; betrachtete ironisch den letzten Bankauszug; schrieb Zahlen untereinander, die er addierte und subtrahierte, bis er einsah, daß ihm ohne Multiplikation nicht zu helfen sei – und dann ging er aus.

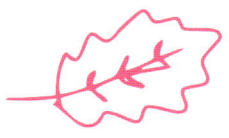

Herr Doktor Enterlein hatte im Laufe des Tages acht mal auf junge Damen gewartet, die zu spät kamen. Bettina Fouqué war früher zur Stelle als er selber. – Die Begrüßung geschah herzlich. Und Enterleins rührenden Bemühungen gelang es, das Liquidationsgespräch, welches ihnen – genau genommen: ihm – bevorstand, zu verzögern. Es vergingen Stunden; die Lokale wurden gewechselt, daß es für die Gastwirte eine Lust war – von der Wette aber wurde bis elf Uhr lediglich mit den Blicken gesprochen ... Bettina behielt (in all der Zeit und in all den Lokalen) ihre lächelnde gleichmütige Sachlichkeit bei, für die sie unter Freunden bekannt war und wie sie sich für eine Medizinerin schicken mochte. Enterlein geriet langsam und sicher in jenen Zustand, in dem man, wie behauptet wird, Blut schwitzt. Je später es wurde, um so öfter zog er seine Uhr heimlich aus der Tasche. Hoffte er ernstlich, seinem Schicksal zu entwischen?

Plötzlich fragte Bettina: »Wie spät ist's eigentlich, Robert?« Er ließ ertappt die Uhr unterm Tisch verschwinden und sagte bescheiden: »Fünf vor halb zwölf!« – »Verflixt!« rief Bettina, »da muß ich doch schnell meinen Wettgewinn kassieren. Zahlst du bar oder per Scheck?« Robert erklärte sich außerstande, tausend Mark sofort flüssigmachen zu können. Im übrigen dürfe die Wette gar nicht gelten, da er sie ja vergessen habe und dadurch gar nicht in der Lage gewesen wäre ... Bettina Fouqué kramte aus ihrer Tasche einen Zettel, der Enterleins Unterschrift trug. Und dann erkundigte sie sich bei ihm, welchen Zinsfuß er für angemessen halte, falls sie sich dazu herbeilasse, ihm die Schuld zu prolongieren. Enterlein zuckte die Achseln, und die Debatte wurde fortgesetzt. – Fünf Minuten vor Neujahr hatte man sich auf eine Verzinsung von fünfzehn Prozent (jährlich) geeinigt und einen Tilgungstermin anberaumt, den Enterlein einzuhalten versprach.

Während dieses merkwürdigen Schuldenabkommens war Bettina recht unruhig geworden und schien nun, wie vorher Enterlein, die Uhr für unentbehrlich zu halten ... Drei Minuten vor zwölf wurde Fräulein Fouqué rot und sagte in ungewöhnlich bescheidenem Ton (ihre Stimme vibrierte geradezu, als gelte es, Angst zu haben): »Robert, bist du nicht auf den Gedanken gekommen, daß du die Wette noch immer gewinnen könntest? Auch jetzt noch?«

Herr Doktor Enterlein schüttelte den Kopfund bemerkte trübe:

»Mit wem sollte ich mich denn so schnell verloben?« Doch seine letzten Worte klangen anders als die ersten. Es lag so etwas wie eine unermeßliche Verwunderung darin. Er blickte Bettina an. Doch sie hatte plötzlich irgendwo irgendein Federchen am Kleid gefunden, das sie mit größester Exaktheit und rühmlicher Ausdauer fortblies.

Schließlich schaute sie ihn doch an; ein bißchen hilflos, so, als habe sie sich zu weinen entschlossen. Sie flüsterte: »Robert, noch eine Minute ...«

Angemessenes Zartgefühl verbietet es, die folgende Szene zu detaillieren. Und statt unvornehmer Ausführlichkeit sei sofort auf den 3. Januar verwiesen, an dem bei Stoeckels, Gwinners, Schädlichs, Perlbachs, Baschs, Bansins, Meyers, Stettens und vielen andern eine Briefkarte eintraf, die einiges Aufsehen hervorrief und bei den Töchtern der genannten Familien Empörung oder Tränen. Oder, schlimmstenfalls, beides. –

Und auf der Briefkarte stand in Kochscher Antiqua-Kursiv:

In der Silvesternacht verlobten sich:

Dr. med. Bettina Fouqué
Dr. ing. Robert Enterlein

Infolge einer Wette, die beide gewannen.

Erich Kästner

POLARKREIS

**EIN ZETTEL AUF DEM KÜCHENTISCH
GESCHRIEBEN AM 20. JUNI**

Bin »Zigaretten holen«. Polar

**ERSTE POSTKARTE, ABGESTEMPELT AM 20. JUNI
IN MÜNCHEN, DEUTSCHLAND**

Mach Dir keine Sorgen, es geht mir gut. 30 Grad im Schatten und ein kaltes Bier vor der Nase. Pflanzerlsemmeln sind nicht vegetarisch. Bleib, wo Du bist.

Versuche etwas herauszufinden. Polar

PS: Mein Telefon bleibt erstmal aus.

Die Karte zeigt den Marienplatz, bevölkert mit in Trachten gekleideten Männern. Es wehen bayerische Fahnen.

ZWEITE POSTKARTE, ABGESTEMPELT AM 23. JUNI IN ROM, ITALIEN

Bleib bloß weg, Rom erstickt unter Touristen. Es ist furchtbar: Amerikaner sind laut. Asiaten gibt's nur in Schwärmen. Deutsche nur mit Sandalen und in knitterfreiem Beige. Deswegen sind die Römer wohl auch unhöflich und das Essen so teuer: damit sie ihr schönes Rom ganz für sich alleine haben. Ich zerre aus meiner Vokabelkiste italienische Sätze hervor, die ganz staubig sind, aber gut auf der Zunge liegen. Mein Hotel hat nur zwei Sterne. Die Hitze zwingt mich tagsüber unter den Ventilator und nachts in die Schlaflosigkeit. Möchte etwas Schelmisches mit dem Papst anstellen, nur fällt mir nichts ein.

Polar

Die Karte zeigt ein Portrait von Papst Benedikt XVI. Er segnet.

DRITTE POSTKARTE, ABGESTEMPELT AM 23. JUNI IN ROM, ITALIEN

Der Vatikan wird überbewertet. Auch die Sixtinische Kapelle. Da hatte ich schon größere Erleuchtungen. Im Thüringer Wald zum Beispiel, unter Buchen, die ihr Laub ganz leise fallen ließen. Und trotzdem geschieht hier etwas Unfassbares: Mich springt von überall Geschichte an, sodass ich mir ganz klein vorkomme mit meinem popeligen Menschenleben. Im Angesicht der Gladiatorenkämpfe schrumpfen meine Probleme zu einem lächerlichen Etwas zusammen. Das ist doch schon mal was. Halte durch.

Es kämpft für Dich Polar

Die Karte zeigt das Kolosseum. Der Himmel ist wolkenlos.

VIERTE POSTKARTE, ABGESTEMPELT AM 25. JUNI IN NEAPEL, ITALIEN

Dass ich in Neapel gelandet bin, ist Zufall: Habe einfach den nächstbesten Zug genommen, der vom Roma Termini fuhr. Während der Zugfahrt hierher hatte ich, mein Spiegelbild in der Fensterscheibe betrachtend, ein Gefühl der Entfremdung. Mir war, als habe jemand anders alle Entscheidungen getroffen. Haarschnitt. Kleidung. Ausbildung. Arbeit.

Liebe … Konnte nicht aufhören zu denken: Wer ist diese Person? Und was willst Du von ihr?

Cumme, cazzo, coce? Polar

Die Postkarte zeigt die Bucht von Neapel mit dem Vesuv im Hintergrund.

FÜNFTE POSTKARTE, ABGESTEMPELT AM 26. JUNI IN NEAPEL, ITALIEN

Trinke gerade den besten Espresso meines Lebens in einer kleinen Bude am Hafen von Neapel. Nach der dritten Tasse tanzt mein Blut. Habe eine Münze geworfen, um rauszubekommen, wie es weitergehen soll. Vorderseite. Also warte ich jetzt auf eine Fähre, die mich nach Ischia bringen wird. Vielleicht finde ich auf der Insel etwas Ruhe. Kannst Du sagen, warum Du mich liebst? Mir fallen entweder keine oder völlig bescheuerte Antworten ein.

Cha cha cha, Polar

Die Postkarte zeigt eine alte Italienerin mit einem Esel vor einem Steinhaus. Der Esel schaut nicht in die Kamera. Die Italienerin auch nicht.

ERSTER BRIEF, ABGESTEMPELT AM 28. JUNI AUF ISCHIA, PROVINZ NEAPEL, ITALIEN, GESCHRIEBEN AUF DER RÜCKSEITE DES RESTAURANT-TISCHUNTERLAGENPAPIERS »DA GIOVANNI«

Es ist Neumond und ich sitze auf der Terrasse mit eiskaltem Weißwein. Habe hier für ein paar Tage ein Zimmer gemietet. Das Wetter ist herrlich. Das Meer tiefblau. Und, um die Standardauskünfte zu vervollständigen: Das Essen ist hervorragend. Alles fällt von mir ab, wie Laub von einem Baum im Herbst oder der Schwanz von einer Eidechse.

An Giovannis Strandbude habe ich Bruschette gegessen, die so unglaublich gut waren, dass ich wahrscheinlich von jetzt an alles daran messen werde. Einfaches kann so gut sein. Hört sich an wie ein Kalenderspruch und vielleicht ist es auch nicht nur kulinarisch gemeint. Hier sind die Zitronen groß wie Bauarbeiterfäuste.

Riech mal, Polar

PS: Ich weiß, ich schulde Dir alles. Eine Erklärung. Eine Antwort. Ein Leben vielleicht.

Dem Brief beigefügt: ein Blatt von einem Zitronenbaum, ein Rosmarinzweig, einige Salbeiblätter.

SECHSTE POSTKARTE, VERSCHMIERTER, UNLESERLICHER STEMPEL, WAHRSCHEINLICH AM 30. JUNI, ISCHIA, PROVINZ NEAPEL, ITALIEN

Erfüllung eines Traumes: Habe Vespa fahren gelernt. Erst mal immer um die Piazza rum, dabei drei Fastunfälle gebaut. Unter wildem Gehupe und lautem Geschimpfe: porca puttana, testo d'cazz', stupida, puttana eva, usw. wurden mir die ersten Runden verziehen. Das Gefühl des Fahrtwindes hat mir so gut gefallen: Jetzt gehört das olle Teil mir. Habe meinen Koffer gegen einen Rucksack umgetauscht. Was nicht reinpasste, habe ich nicht mitgenommen. Weiter geht's mit Wind um die Beine.

Ich rieche nach Schutzfaktor 30 und Salz.

Winkewinke, Polar

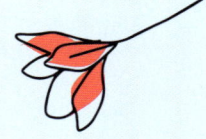

Die Karte zeigt eine Vespa aus den 60er-Jahren.

SIEBTE POSTKARTE, ABGESTEMPELT AM 2. JULI IN LACCO AMENO, ISCHIA, PROVINZ NEAPEL, ITALIEN

Mit der Vespa auf der Küstenstraße um die Insel. Fühle mich wie Neil Armstrong. Ein kleiner Schritt für eine Touristin, aber ein großer Schritt für Polar. Ich wollte nie wieder anhalten, aber dann ging mir fast der Treibstoff aus, also fuhr ich an der nächsten Tankstelle vor. Ließ meinen Astronautenhelm auf und sah mich um: Im schmalen Schatten des Gebäudes hingen zwei dicke Italiener mit Sonnenbrille und verschmierten Haaren / T-Shirts / Hosen in ihren Plastikstühlen.

In der Sonne standen drei Zapfsäulen. Nichts bewegte sich außer mir.

An der ersten stand nichts, an den anderen Zapfsäulen waren handbeschriebene Pappschilder angebracht: 95 und 98.
In meinem Kopf kreiste das Wort »Oktan« und die Frage, was ich in mein Raumschiff füllen soll. Ene mene meck:

Ich entschied mich für die Mitte und machte ein arrogantes Gesicht in Richtung der Plastikstühle. Cazzi.

»Make it so.« P.

Die Karte ist sehr verblichen und zeigt den Monte Epomeo auf Ischia.

ACHTE POSTKARTE, ABGESTEMPELT IN ISCHIA, PROVINZ NEAPEL, ITALIEN, UNLESERLICHES DATUM

Das Meer, die olle Diva, hat schon wieder ihr türkises Kleid angezogen. An den Felsen von Zaro schlägt sie sich die Schienbeine an (ich mir auch) und ihre Dauerwelle schmeckt salzig. Ich habe mit ihr gerungen, ihr Tritte verpasst und sie hat mich ausgespuckt. Erschöpft legte ich mich mit meinem Handtuch in eine warme Steinmulde. Eine Mutter fischte mit ihrem dicken Sohn Seeigel und Muscheln aus der Tiefe. Mit einem Messer brachen sie die Stachelwesen auf und reichten auch mir eine Schale mit Orangenem im Innern. Ich wagte nicht abzulehnen. Es schmeckte enttäuschend. Auf dem Rückweg, in einem kleinen Wäldchen, tummelte sich über einem Tümpel eine schwarze Wolke: Trillionen Mücken.

Ich hielt an und ließ mich stechen ...

Ich brauche noch. Polar

Die Karte zeigt Ischia bei Sonnenuntergang.

Das Meer, die olle Diva, hat schon wieder ihr türkises Kleid angezogen. An den Felsen von Zaro schlägt sie sich die Schienbeine an (ich mir auch) und ihre Dauerwelle schmeckt salzig.

ZWEITER BRIEF, ABGESTEMPELT AM 3. JULI IN ISCHIA, PROVINZ NEAPEL, ITALIEN

Mein Herz, ich fuhr gewundene Straßen an der Küste entlang, die sich immer weiter in die Höhe schraubten, dem Monte Epomeo entgegen. Am Straßenrand sah ich, auch in den letzten Tagen schon und überall auf der Insel, Plakate mit Todes-, Geburts- und Hochzeitsanzeigen, oftmals auch mit einem Foto des Verstorbenen oder des Babys oder zwei Ringen als Symbol ... Ich dachte an uns und wurde auf einmal sehr traurig. Mache ich hier gerade alles kaputt?

Habe bei einer kleinen Kirche in einer Ortschaft angehalten, und als ich die schwere Holztür öffnete, war gerade Gottesdienst, alle Köpfe gingen in meine Richtung. Ich erschrak und stellte erstaunt fest, dass heute Sonntag ist und dass ich das Gefühl für Zeit verloren hatte, ich rätselte, wie lange ich nun schon weg war, trat ein, blieb beim Weihwasserbecken stehen, tauchte meine rechte Hand hinein und machte irgendeine verschwommene Bewegung, von der ich glaubte, es sei ein Bekreuzigen. Die Köpfe gingen wieder in die andere Richtung.

Das Schiff war sehr einfach, vorm Altar eine Madonnenstatue, und Jesus hing gekreuzigt im Hintergrund herum. Die wenigen Bänke waren alle belegt. Ein Pfarrer, der seine Predigt runternudelte, trug ein grünes Katholikenkostüm. Im Weihwasserbecken waren Würmer. Ohne Scheiß. Der Gesang der Gemeinde leierte zum Losprusten komisch und dennoch war ich seltsam berührt. Von der Gemeinschaft, den vielen jungen Menschen unter den Besuchern. Den Kindern, die einfach so herumliefen. Dem Dorf, das hier zusammenkam. Am Altar war mit Tesafilm ein Madonnabild angebracht. Der Pfarrer ging, so schien es, nach Belieben mal eben in einen Nebenraum, um irgendwelche Gegenstände zu holen, die bei der kleinen Gottesdienstaufführung eine Rolle spielten. Dann das Vaterunser auf Italienisch. Pace und Amen. Und hinterher wurde geküsst, umarmt – auch ich. Pace. Bevor ich ging, schaute ich noch mal zu den Würmern im Weihwasser und roch an den Fingern meiner rechten Hand. Hätte das gerne zusammen mit Dir erlebt.

Dein. P.

NEUNTE POSTKARTE, ABGESTEMPELT AM 3. JULI IN ISCHIA, PROVINZ NEAPEL, ITALIEN

Habe heute das Castello Aragonese besucht. Das ist eine Festung, die auf einer Miniinsel vor der Stadt Ischia Porto liegt. Das Allerbeeindruckendste: die Nonnengruft. Hier wurden verstorbene Nonnen aufrecht in spezielle Steinsessel gesetzt, während die lebende Nonnengemeinde täglich im selben Raum neben den verwesenden Körpern über den Tod meditierte. Bei mir ist es genau andersrum. Ich meditiere täglich umgeben von Lebenden über das Leben.

Habe am Nachmittag mein Telefon angemacht und habe neben Deinen Nachrichten meine fristlose Kündigung abgehört.

Ich vermisse Dich auch. Polar

Die Postkarte zeigt die unterirdische Nonnengruft des Convento delle Clarisse auf der Castello Aragonese.

ZEHNTE POSTKARTE, ABGESTEMPELT AM 5. JULI IN NEAPEL, ITALIEN

Aus der Ferne lockte seit Tagen der Vesuv. Habe am Morgen die Fähre zurück ans Festland genommen und ihn bestiegen. Na ja »bestiegen«: Konnte mit der Vespa fast bis nach ganz oben. Dann stand ich am Kraterrand und hatte plötzlich eine Ahnung von der Fragilität der Dinge. Gleichzeitig fühlte ich eine immense Kraft in mir aufsteigen. Irgendetwas an diesem Vulkan war weiblich und männlich zugleich und bildete eine Einheit. Nicht lachen: Es zwang mich auf den mit Flechten überzogenen Lavaboden. Da lag ich und heulte. Morgen sehe ich mir Pompeji an.

Deine Suse, Polar

Die Postkarte zeigt einen Blick in den Krater des Vesuvs.

ELFTE POSTKARTE, ABGESTEMPELT AM 6. JULI IN POMPEJI, ITALIEN

Bevor Du stirbst, musst Du das hier gesehen haben, ich komm auch noch mal mit. Kann das nicht in Worte fassen: eine komplette Stadt, die zugleich ausgelöscht und eingefroren wurde. Ihre toten Bewohner liegen in ihren Betten und sind noch immer überrascht. Da liegt auch noch ihr Brot in der Bäckerei. Diese körperliche Manifestation des Lebens im Tode machte mich kurz zum Gaffer, weil das nicht Kunst ist, sondern Alltag. Und ich dachte, wenn ich da hätte liegen müssen, ich wünschte, es wäre neben Dir gewesen. Uns dürften meinetwegen auch zweitausend Jahre später Leute beim Schlafen zusehen. Wir sollten nicht mehr streiten. Unfassbar: wie viele Menschenleben nötig waren, um mich hervorzubringen. Hoffentlich ist keiner von den Toten enttäuscht. Mir reichen schon die Lebenden.

Aus dem Fortuna-Tempel, Polar

Die Karte zeigt den Fortuna-Tempel im antiken Pompeji. Im Hintergrund der Vesuv.

ZWÖLFTE POSTKARTE, ABGESTEMPELT AM 7. JULI IN SALERNO, PROVINZ SALERNO, ITALIEN

Fahre weiter die Küste runter. Die Kurven sind teilweise so eng, dass man fast zum Stehen kommt. Ich finde mich mutig, werde aber trotzdem ständig überholt, weil die Italiener sieben Leben haben. Eine kleine Katze hatte ihre Leben alle aufgebraucht, gespenstisch platt lag ihr Körper da auf dem Asphalt und ich sah ihren aufgeplatzten Kopf an meinem Knöchel vorbeiziehen.

Ganz still, Polar

Die Karte zeigt Amalfi bei Nacht.

DREIZEHNTE POSTKARTE, ABGESTEMPELT AM 9. JULI IN SCALEA, PROVINZ COSENZA, ITALIEN

Man hat mir meinen Rucksack geklaut. Und irgendwie ist's nicht mal schlimm. Sorge Dich nicht.

Erleichtert, Polar

VIERZEHNTE POSTKARTE, ABGESTEMPELT AM 10. JULI IN MILAZZO, SICILIA, ITALIEN

Bin für heute im Casa Maria untergekommen, bei einer dicken italienischen Mamma, die hervorragend kocht und mich unter drei Gängen nicht vom Tisch lässt. Als sie wissen wollte, warum ich alleine reise, sah sie sofort, dass sie einen Fehler gemacht hatte. Da hat sie mir Grappa gebracht und den Nachtisch.

In Liebe, P.

PS: Ich trage jetzt einen Fedora.

Die Karte zeigt einen dösenden alten Mann mit Fedora-Hut im Schatten eines Olivenbaumes.

FÜNFZEHNTE POSTKARTE, ABGESTEMPELT AM 12. JULI IN DER PROVINZ MESSINA, ITALIEN

Habe die Vespa verkauft, die konnte ich sowieso nicht nach Stromboli mitnehmen. Mein Telefonakku ist leer. Mein Aufladegerät war im Rucksack.

Hungrig und müde, Polar

Die Karte zeigt die Insel Stromboli im Abendlicht vom Meer aus gesehen. Der Vulkan spuckt Lava.

SECHZEHNTE POSTKARTE, ABGESTEMPELT AM 16. JULI IN STROMBOLI, PROVINZ MESSINA, ITALIEN

Bin bei einem alten Fischer in Ginostra untergekommen. Er heißt Enzo. Auf der Insel gibt es zwei Orte und einen Vulkan dazwischen. In Ginostra wohnen 27 Menschen. Es blüht prächtige Bougainville an Enzos Haus. Sonst ist hier nicht viel.

Über dem Krater ein Rauchwölkchen.

Ruhig, Polar

SIEBZEHNTE POSTKARTE, ABGESTEMPELT AM 20. JULI IN DER PROVINZ MESSINA, ITALIA

Meine Antwort ist: Ja.

Komm her. Und bring den Ring mit. Ich warte hier auf Dich.

Ganz und gar, Polar

PS: Enzo ist ein kluger Mann.

PPS: Du findest mich in Ginostra auf Stromboli, nach Enzo und der Tedesca fragen.

Die Karte zeigt das Dorf Ginostra auf Stromboli. Bougainville blüht.

Karen Köhler

DIE KUNSTRAD-FAHRER

FRÜHER WAR DAS HIER mal eine Fabrik mit heilen Fenstern. Die Schienen sind noch da und der dünne, behelmte Schornstein. Auch die Lagerschuppen stehen noch da, und auf dem Hof ein paar altmodische Schwungräder, die langsam immer tiefer in die Erde sakken. Sonst ist hier nichts mehr los, keine Arbeiter, keine summenden Maschinen. Drinnen zieht es ganz schön, weil fast alle Fenster dran glauben mußten. Peng, peng, so flogen die raus, wenn wir die Schleudern auf sie anlegten oder einfach Zielwürfe machten mit Schottersteinen.

Kalli ging auch nur zur alten Fabrik, um da Zielübungen zu machen. Zwischen den rostenden Gleisen sammelte er schon mal Schottersteine, die waren scharf und kantig. In der Tasche fühlten sich die Steine kühl an, in der Hand waren sie warm. Was er aufgehoben hatte, das reichte bestimmt für sechs Fensterscheiben oder für die zackigen Reste, die noch vom Kitt gehalten wurden. Er ging zwischen den Schienen auf das große, schwarze Tor zu, seine Hand zuckte schon, man kennt das ja.

Ein hölzerner Flügel des Tors war zur Hälfte geöffnet, er bewegte sich nicht, schlug nicht, denn es ging kein Wind an diesem stillen Augustabend. Mörtel rieselte aus den alten Mauern, das kam wohl von der Hitze. Wenn es hier Eidechsen gegeben hätte, die hätten sich ungestört sonnen können auf den warmen Mauern. Vögel ließen sich hier auch nicht blicken. Jetzt rief da ein Mann in der Fabrik, das klang wie »Achtung«, und dann fluchte er enttäuscht und sagte »mitzählen« und »aufpassen« und so etwas. Kalli duckte sich gleich. Er legte sich hinter einen verbeulten länglichen Kessel, der bestimmt zu nichts mehr zu gebrauchen war. Er lauschte und fischte vorsichtig die Schottersteine aus den Taschen, die drückten nämlich. Rufe, wieder waren da Rufe zu hören. Es klatschte. Es knallte. Es dröhnte, als ob einer von ziemlich hoch auf den Fabrikboden sprang. Einer der Männer mußte Paul heißen, denn der andere fragte immer wieder: Warum klappt es heute nicht, Paul? Was ist bloß los mit dir, Paul?

Durch das große Tor schleicht sich keiner an, das ist schon mal sicher. Kalli schlängelte sich durch hohes Gras und Schafgarbe zur Rückwand der Fabrik, da hatten sie einfach ein Stück brandiger Mauer auseinandergebrochen und das Loch später mit Teerpappe zugemacht. Er schob die Teerpappe zur Seite. Er kniete sich hin. Zuerst blendete ihn die schräg einfallende Sonne, und er mußte die Augen schließen. Dann aber, allmählich, gewöhnte er sich an das Licht und erkannte die beiden Männer auf einem Fahrrad. Die Männer trugen Turnhemden mit breiten Brustringen. Sie hatten hellblaue Trainingshosen an. Ihre Turnschuhe hatten weiße Kappen, und beide trugen komische, vielleicht selbstgemachte Sturzhelme. Es waren Kunstradfahrer. Sie trainierten auf dem harten, ebenmäßigen Boden der Fabrik, auf einem Stück, das sie wohl vermessen und mit Kreide aufgezeichnet hatten.

Die Männer waren schon ziemlich alt, mindestens über zwanzig, und sie waren Brüder, das sah man ihnen auch an. Auf einem hölzernen Faß lagen ihre Hosen und Jacken und karierten Hemden. An das Faß gelehnt hatten sie ihre schlappen Ledermappen, aus einer

Mappe guckte eine Thermosflasche heraus. Die Brüder waren wohl gleich nach der Arbeit hierhergekommen, zum Training.

Kalli erkannte sofort, daß der jüngere Bruder Paul hieß.

Er war der sogenannte Obermann. Er saß dem älteren Bruder, der regelmäßige Kreise fuhr, nicht etwa auf dem Rücken, sondern auf den Schultern. Steif saß er da, mit ausgebreiteten Armen, die Beine ganz schön verschlungen. Mühelos kreisten sie. Kein einziges Mal gerieten sie über die Grenze, über den Kreidestrich. Sie kreisten, als sammelten sie Schwung und Mut. Und dann – hip – gab der ältere Bruder ein Kommando und riß das Fahrrad hoch. Es sah aus, als ob das leichte Fahrrad bockte und scheute und sich wie ein Pferd auf die Hinterhand erhob, so nennt man das wohl. Jetzt trug sie nur das Hinterrad. Paul schwankte oben und fuchtelte. Er griff in die Luft, aber er konnte sich halten, und der ältere Bruder, der einfach Wim hieß, ließ nun auch die Lenkstange los und breitete seine Arme aus. Ruckweise zogen sie nun einen Kreis, richteten ihre Arme aus, machten da so einen Doppeldecker.

Niemand braucht zu fragen, ob sie schnaubten oder stöhnten oder zischten, denn was die so von sich gaben, hörte sich an wie ein ganzes Kraftwerk. Und erst die Muskeln! Kalli sah nur, wie die prall wurden, sich aufwölbten und mächtig hervortraten. Wenn Wim zum Beispiel die Wadenmuskeln geplatzt wären – pff –, Kalli hätte sich bestimmt nicht gewundert. Am meisten aber begeisterte sich Kalli für die Kommandos. Kunstradfahrer kommen wohl ohne Kommandos überhaupt nicht aus. Da geht es immer nur hip und hup und hollah, und auf jedes Kommando geschieht etwas.

Jippi, kommandierte Wim, und beide verlagerten ihr Gewicht nach vorn. Das Vorderrad setzte wieder auf. Wim packte die Lenkstange, und Paul glitt über seinen Rücken und sprang ab. Da klatschte Kalli los. Er wollte gar nicht klatschen, aber seine Hände waren schneller. Er klatschte einfach, weil sie ihm einen so schönen Doppeldecker vorgeführt hatten. Und die Kunstradfahrer staunten, als er durch das Mauerloch trat: Vielleicht hatten die noch nie Beifall bekommen. Weil sie schwitzten, trockneten sie sich erstmal mit einem langen, gelben Handtuch ab. Dann schüttelten sie aus einem Tütchen weißes Pulver auf ihre Hände, jetzt konnten sie besser zupacken. Aber erst einmal mußten sie verschnaufen und pumpten sich mächtig auf. Wenn die Luft holten, dann geriet einem gleich der Scheitel in Unordnung.

Wim fragte Kalli: Kannst du auch schon Fahrrad fahren? Kalli schüttelte den Kopf. Sie hatten so anderthalb Fahrräder zu Hause, die standen im Schuppen. Eines gehörte seinem Vater, das hatte immer nur Plattfuß vorn und hinten. Das andere war ein neuer Rahmen mit Sattel, aber ohne Räder. Beide waren ziemlich verstaubt und lehnten aneinander. Nein, sagte Kalli, ich kann noch nicht fahren.

Darauf schickten ihn die Kunstradfahrer weg. Sie schickten ihn nicht unfreundlich weg. Wenn Kunstradfahrer üben, wollen sie keine Zuschauer haben, das ist es. Kunstradfahrer denken immer, daß einer ihre Kunststücke verraten könnte, all die Schwünge und Drehungen und Balanceakte. Deshalb gaben sie sich erst wieder Kommandos, nachdem Kalli weg war: hip, hollah, jippii!

Natürlich ging Kalli nicht nach Hause. Er kletterte auf das flache Dach des ehemaligen Maschinenhauses. Dort hockte er sich hinter eine dreckige Scheibe und putzte eine Öffnung blank. Das war der schönste Platz, um die Kunstradfahrer zu beobachten. Was sie noch vorführten? Also, Paul führte einen Kopfstand auf dem Sattel vor. Und Wim zeigte, wie gut er das leichte Fahrrad gezähmt hatte: mit ausgebreiteten Armen stellte er sich auf den Sattel, und das Fahrrad fuhr gehorsam im Kreis und kam nicht ein einziges Mal über die Kreidelinie. Nur beim Handstand auf der Lenkstange kippte er ab. Patz, da lag er und biß sich auf den Finger. Finito, kommandierte er, das hieß wohl: Schluß für heute. Danach zogen sie sich um. Kalli erwartete sie draußen am löchrigen Drahtzaun. Er sah das glänzende, leichte Fahrrad an. Es hatte einen ganz schmalen Sattel und keinen Rücklauf. An der Hinterachse waren zwei Tritte zum Hochklappen, die hielten einen Mann aus. Die Lenkstange war beinahe waagerecht, nicht so geschwungen wie bei einem Rennrad. Kalli fragte, ob er das Rad schieben dürfe, aber der jüngere Bruder winkte ab. Er wollte das Rad selbst schieben. So sind eben Kunstradfahrer. Aber er durfte hinter ihnen her gehen auf dem schmalen, buckligen Trampelpfad. Auch die Kunstradfahrer wohnten in der Siedlung, vielleicht sieben Häuser weiter als Kalli, da gingen sie jetzt hin.

Wohin es Kalli zog, weiß man schon. Er ging in den Schuppen, besah sich gemächlich die anderthalb Fahrräder, schätzte da was ab, pfiff durch die Zähne. Dann band er die Satteltasche ab und schüttete alles aus, was drin war: Schraubenschlüssel, Ventile, Sandpapier und kleine rote Gummipflaster zum Flicken der Schläuche. Er überlegte. Wenn er die beiden Schläuche flickte, wenn er die beiden Räder abmontierte, wenn er sie unter den neuen Rahmen schraubte – er bekäme ein ganz gutes Fahrrad. Allein aber schaffte er es nicht. Darum ging er zu seinem Vater, der gerade wieder einmal sein Auto wusch. Er fragte: Schenkst du mir dein altes Rad? Wozu denn das, fragte sein Vater. Ich will Kunstradfahrer werden, sagte Kalli. Klar, sagte sein Vater, für Kunstradfahrer tu ich alles. Die dürfen sich alles von mir wünschen. So schnell bekam Kalli sein erstes Fahrrad.

Fahren zu lernen, das brauchte er kaum noch. Zuerst half ihm seine Schwester; die hielt eine Hand am Sattel und lief mit. Aber auf einmal wurde er zu schnell, sie mußte den Sattel loslassen, und Kalli sauste allein die Straße hinab. Die Wende gelang. Er war ganz schön begeistert, als er merkte, wie gut das Fahrrad ihm gehorchte. Zum Dank ölte er es gleich dreimal hintereinander. Und dann wollte er es in der Nacht neben seinem Bett stehen haben, einfach weil er glaubte, daß ein richtiger Kunstfahrer sein Rad nie allein lassen darf. Aber sein Vater sagte, daß es im Schuppen ja auch ganz gemütlich sei. Kalli war einverstanden, aber er mußte sein Rad noch unbedingt mit Säcken zudecken. Jetzt konnte man jeden Tag einen Flitzer in der Siedlung beobachten, fiu, fiu. Dem stand beim Sausen das kleine Handtuch steif nach hinten ab. Weil große Kunstradfahrer beim Training oft ein Handtuch um den Hals legen, trug er natürlich auch ein Handtuch, das hatte ihm seine Mutter geschenkt. Bald fuhr er einhändig, dann freihändig. Schlange fuhr er sowieso. Er konnte so scharf bremsen, daß das Hinterrad zur Seite flog – trotzdem brauchte er nicht abzusteigen. Am liebsten bremste er natürlich auf Sandwegen ab, das gab eine plötzliche Staubwolke. Manchmal sah er die beiden Kunstradfahrer, er grüßte sie dann. Aber sie waren ernst und schweigsam und grüßten kaum zurück. Sie schienen ihn gar nicht wiederzuerkennen. Vielleicht müssen Kunstradfahrer so sein, dachte Kalli, vielleicht sind sie immer in Gedanken.

Die Kinder in der Siedlung, auch ältere, überholte er leicht. Keiner konnte so lange wie er auf dem stehenden Rad Balance halten, ohne runterzukippen. Keiner ölte aber auch sein Fahrrad so oft wie er.

KEINER ÖLTE ABER AUCH SE'N FAHRRAD
SO OFT WIE ER. DREIMAL AM TAG:
AUCH FÜR EINEN KUNSTRADFAHRER IST DAS
EIN BISSCHEN ÜBERTRIEBEN, ODER?

Dreimal am Tag: auch für einen Kunstradfahrer ist das ein bißchen übertrieben, oder?

Mehrmals in der Woche übten die beiden alten Brüder in der ehemaligen Fabrik. Das hatte Kalli schon herausbekommen. Sie übten am Montag, am Mittwoch und am Freitag; das sind wohl die besten Tage für Kunstradfahrer. Man braucht nicht zu fragen, warum. Wenn die Brüder den buckligen Trampelpfad herabkamen, lag Kalli schon auf dem Dach des Maschinenhauses. Das Beobachtungsfenster war blankgeputzt. Und dann erlebte er ihr Training.

Zuerst fingen sie mit Bodengymnastik an, Rumpfbeugen und Strecken und Liegestütz. Sie liefen auf der Stelle. Sie rollten die Arme aus den Schultern. Mit ernsten Gesichtern machten sie Hand- und Kopfstände. Sie rissen gleichzeitig die Oberschenkel so hoch, daß diese die Brust berührten. Dann ein Kommando von Wim, und sie schoben das Rad über den Kreidestrich, in das aufgezeichnete Feld. Jetzt drehten sie ein paar lässige Runden; so fingen sie immer an. Kalli war ziemlich aufgeregt, weil er sich alles merken wollte. Er beobachtete genau, wie sich Wim langsam über die Lenkstange schob. Auch an der Vorderachse waren zwei Tritte zum Hochklappen. Blitzschnell drehte sich Wim, suchte nach den Pedalen und fuhr nun mit dem Rücken zur Fahrtrichtung. Das war schon was.

Und nun – hip – sprang Paul auf. Er kletterte behutsam und etwas zittrig an seinem älteren Bruder hoch. Wim hatte da schon etwas auszuhalten: ein Knie auf dem Rücken, dann das andere Knie, schließlich beide Füße auf seinem Nacken. Vorsichtig richtete Paul sich auf. Hochaufgerichtet stand auch er mit dem Rücken zur Fahrtrichtung, eine ganze Runde lang. Immer ruhiger wurde ihre Fahrt, immer gesammelter. Es war schon vorauszusehen, daß gleich etwas Besonderes passieren würde. Und da – hollah – passierte es. Paul, der Obermann, krümmte sich leicht. Er schnellte vom Nacken seines Bruders los, wirbelte herum, gegen die Fahrtrichtung probierte er einen Salto rückwärts, das war so etwa der höchste Schwierigkeitsgrad. Natürlich wollte er auf den Füßen landen. Gedacht war, daß Wim neben ihm halten und beide sich die Hand reichen sollten. Aber Paul schaffte es nicht, nein, er drehte sich etwas zu viel. Tsseng, da lag er. Er mußte sich ganz hübsch wehgetan haben, denn er rollte sich auf den Bauch und wieder auf den Rücken und zappelte mit den Beinen.

Wim stieg gleich ab. Er versuchte seinen Bruder aufzuheben, das ging einfach nicht. Paul konnte nicht auf den Füßen stehen, er klappte immer zusammen. Dabei fallen Kunstradfahrer meistens so, daß ihnen überhaupt nichts weh tut.

Wim beugte sich über seinen Bruder und sprach mit ihm. Und plötzlich zog er sich ganz schnell an, ohne ein Kommando zu geben. Kalli dachte, daß er jetzt vielleicht gebraucht werden könnte, darum kletterte er vom Dach und fragte: Ist ihm was passiert? Der ältere Kunstradfahrer war gar nicht höflich, er sagte nur: Mach, daß du hier wegkommst. Kalli sagte noch: Soll ich Hilfe holen? Darauf ging Wim nicht ein. Düster sagte er: Zieh Leine, Menschenskind, wir wollen dich hier nicht mehr sehn. So geht es manchmal, auch wenn man nur helfen will.

Dann schoben die Kunstradfahrer ab. Paul saß auf dem Rahmen, und Wim führte das Rad. Paul hatte einen Arm um seinen Bruder gelegt, so ging das leichter. Es war nichts mehr zu sagen zwischen ihnen. Von weitem sahen sie ziemlich traurig und fertig aus. Man konnte meinen, sie hätten für immer aufgegeben. Vor der Siedlung stieg Kalli auf sein Rad. Er hatte Lust, die Brüder freihändig zu überholen, aber er wagte es nicht. Erst als sie in ihrem Haus verschwunden waren, drehte er auf, wendete und fuhr zur Fabrik zurück.

Jetzt hatte Kalli den glatten, ebenmäßigen Boden der Fabrik ganz für sich. Jeden Tag fuhr er hierher, das ging Woche um Woche. Die Kunstradfahrer blieben weg, da ließ es sich ungestört trainieren. Nur die Kommandos mußte er sich selbst geben. Er fing genau so an wie die Kunstradfahrer, mit Hüpfen und Rumpfbeugen und Liegestützen. Dann aber machte er etwas, was er sich allein ausgedacht hatte: aus dem Maschinenhaus liefen wohl noch einige abgestützte Rohre, auf die sprang er – jippii! –, und auf den schwingenden Rohren machte er Balanceübungen, vor und zurück, tänzeln, blitzschnell wenden. Die Rohre federten. Sie wippten. Ein knapper Sprung, ein Gegendruck, und Kalli machte, daß die Rohre wieder still waren – mit der Zeit lernt man das. Von den Rohren ging es dann zur Wand. Auf einigen Säcken – als Unterlage – übte er Kopfstand. Später kam Handstand dran, aber noch mit den Füßen an der Wand. Radschlagen probierte er erst gar nicht, denn das ist nichts für Kunstradfahrer – warum, weiß keiner. Und zum Schluß, wenn er gelenkig und lok-

KALLIS VATER ABER SAGTE:
ICH MÖCHTE ENDLICH MAL EINEN SOHN
HABEN, DER NICHT VON PFLASTERN
VERKLEBT IST. WENN DAS NICHT BALD
AUFHÖRT, DANN KOMMT DAS FAHRRAD IN
DEN SCHUPPEN. FINITO!

ker genug war, wenn er schon ein bißchen schwitzte, schnappte er sich sein Fahrrad. Zuerst drehte er Runden, das war nicht leicht bei der großen Übersetzung. Kunstradfahrer fahren nämlich mit sehr kleiner Übersetzung. Nur ganz selten überfuhr er den Kreidestrich, er hielt sich schon ganz schön im vorgeschriebenen Feld. Er konnte die Kurven auch schon freihändig fahren. Sein größtes Kunststück? Das war wohl der sogenannte Flieger: ein Bein auf dem Rahmen, das andere nach hinten weggestreckt und beide Hände auf der Lenkstange, während das Rad sanft ausrollte. Aber Kalli wollte mehr, wie jeder Kunstradfahrer.

Immer wieder probierte er, auf dem Sattel zu stehen, und immer wieder, tsseng, flog er herunter. Manchmal schürfte er sich ein wenig Haut ab. Manchmal schlug er sich das Knie auf oder den Ellenbogen, das verkrustete dann schnell. Zwei Vorderzähne – hip – waren ihm auch schon rausgeflogen, als er einmal auf die Lenkstange schlug. Aber Kunstradfahrer machen sich nichts draus, die fahren bis zum letzten Zahn. Haben die mal verschorfte oder blutige Stellen, dann zeigen sie die wie Abzeichen.

Wenn Kalli nach Hause kam, wartete seine Mutter schon mit Pflaster. Alles zusammen hatte er vielleicht schon drei Meter Pflaster verbraucht. Wo das überall klebte! Am Knie sowieso und an den Ellenbogen. Aber Kalli bekam manchmal auch ziemlich weit hinten ein Pflaster, zum Beispiel am Steißbein. Einmal bepflasterte sie ihm das Gesicht, da sah er aus wie eine vergnügte Eule.

Die Mutter schüttelte nur den Kopf. Kallis Vater aber sagte: Ich möchte endlich mal einen Sohn haben, der nicht von Pflastern verklebt ist. Wenn das nicht bald aufhört, dann kommt das Fahrrad in den Schuppen. Finito! Aber Kalli ging weiter zur alten Fabrik und probierte immer nur die eine Sache: freihändig auf dem Sattel zu stehen. Das mußte er schaffen, auch wenn es zehn Meter Pflaster kostete.

Doch dann passierte das mit seiner Hose zum zweiten Mal. Einmal hatte er sich bei einer Drehung die Hosentasche an der Lenkstange weggerissen; das war nichts. Diesmal stürzte er so über sein Fahrrad, daß ein Pedal ihm ein ganzes Hosenbein aufriß, nun flatterte es nur so um ihn herum. Dazu kam eine lange Schramme auf dem Schenkel, rot und brennend, und eine Schwellung auf der Stirn, nicht schlimmer als ein Wespenstich. Kallis Mutter, die wenig ver-

trug, sagte nur: Jetzt reicht es aber. Und sein Vater sagte: Jetzt ist das Faß voll – er meinte natürlich das Maß. Ohne ein weiteres Wort schloß er das Fahrrad in den Schuppen ein. Dann warf er alte Säcke über das Fahrrad, als sollte es nie mehr ans Tageslicht kommen. Den Schlüssel zog er mit finsterem Gesicht ab und hängte ihn an seinen Autoschlüssel, da war er sicher.

Jeder weiß, daß ein Kunstradfahrer sein Training nicht unterbrechen darf, weil man zu schnell aus der Übung kommt und auch die Kommandos vergißt. Darum konnte Kalli es sich gar nicht leisten, mit dem Üben aufzuhören. Nur – woher sollte er ein Fahrrad bekommen? Marlies, die ziemlich dick war und auch in der Siedlung wohnte, die hatte ein Fahrrad. Aber sie ließ keinen darauf fahren, lieber stellte sie es auf den Balkon. Und das Fahrrad von Franz war nur für Anfänger, da liefen neben dem Hinterrad noch zwei kleine Räder mit, so als Stütze, damit man nicht runterfiel. Kalli machte sich auf die Suche und beobachtete heimlich herumstehende Fahrräder in der Siedlung. Ein alter klappriger Wocken stand den ganzen Tag vor dem Gemüsegeschäft; der gab nichts mehr her, der sah schon aus wie eine quietschende Nähmaschine. Am schönsten war schon das Fahrrad der Gemeindeschwester. Jeden Nachmittag kam sie in die Siedlung, um den kranken Kapitän zu pflegen. Das dauerte mitunter zwei Stunden. Vor der Lenkstange hatte sie einen Korb hängen, den nahm sie ab und trug ihn ins Haus. Es war ein Damenfahrrad, sicher, aber es hatte gute, weißwandige Gummidecken und sah neu aus und schien leicht zu laufen.

Kalli glaubte, daß Gemeindeschwestern nicht allzuviel für Kunstradfahrer übrig haben, darum fragte er erst gar nicht. Er saß einfach auf und strampelte zur alten Fabrik. Dort fing er mit leichten Übungen an, schließlich muß auch ein Kunstradfahrer ein Fahrrad erst kennenlernen. Das Rad der Gemeindeschwester kam ihm lebendiger vor als das Rad seines Vaters. Es war bockiger und nervöser. Die Lenkstange schlug öfter um. Es war eben ein Damenfahrrad, um es mal so zu sagen. Mehrmals fiel er herunter, tsseng, wir wollen gar nicht zählen, wie oft er abspringen mußte. Aber er hielt sich in Übung und fuhr immer zeitig zurück, um das Fahrrad vor dem Haus des kranken Kapitäns abzustellen. Pflaster? Pflaster mußte seine Mutter immer noch kaufen. Während sie es ihm aufklebte, hinten und vorn, wunderte sie sich über all die Schrammen und Abschürfungen. Das kommt wohl von den Ästen, sagte dann Kalli. Wir bauen uns nämlich eine Hütte hoch auf einem Baum. Fall mir da bloß nicht runter, sagte seine Mutter.

Die Gemeindeschwester kam immer pünktlich. Kalli war gleich zur Stelle und übernahm das Rad so selbstverständlich, als hätte sie es nur für ihn abgestellt. Manchmal dachte er: Hoffentlich wird der alte Kapitän nicht zu schnell gesund, sonst muß ich mich nach einem neuen Fahrrad umsehen. Mit der Zeit hatte er sich sogar an das Damenfahrrad gewöhnt. Jetzt benutzte er es schon zum zwölften Mal.

Er fuhr zügig den Trampelpfad hinab. In der Fabrik zog er seinen Pullover aus; nur in Turnhemd und Turnhose begann er mit den Übungen. Heute kam ihm alles leicht und möglich vor, das gibt es ja. Wie Kalli auf den wippenden Rohren sprang, wie er da wippte und jeden Sprung ausbalancierte: damit konnte er sich schon sehen lassen. Er hatte das Gefühl, daß ihm heute alles gelingen müßte. Die Runden im Kreisfeld hatte er noch nie so mühelos und abgezirkelt gefahren. Also jetzt oder nie, das große Kunststück, die Gesellenprüfung der Kunstradfahrer: der Stand auf dem Sattel mit ausgebreiteten Armen. Ein Fuß ist schon oben, noch halten die Hände die Lenkstange. Nun den anderen Fuß, behutsam, gleichmäßig, auch das ist geschafft. Das Rad gehorcht, wird langsamer. So, und jetzt aufrichten zum Stand, höher, noch höher, die Arme dürfen ruhig wakkeln. Kalli steht oben, schwankend, aber er steht.

Da setzte der Beifall ein. Vom großen Tor her kam auf einmal heftiger Beifall, und dann hörte er Ausrufe der Bewunderung und fröhlichen Lärm. Er mußte einfach hinübersehen, wenn auch nur für einen winzigen Augenblick. Dort standen die beiden Kunstradfahrer, ziemlich verblüfft, wie man sich denken kann, vor allem aber begeistert. Sie waren es, die so wild Beifall klatschten.

Ja, er blickte nur für einen winzigen Augenblick zum Tor, aber das genügte. Die Lenkstange schlug um. Das Hinterrad rutschte einfach weg unter ihm. Er bekam Übergewicht und stürzte. Er stürzte so eigenartig, daß das Rad halb auf ihm lag, der Vorderreifen drehte sich noch.

Schmerzen hatte er keine, nur in seinem Kopf dröhnte es. Er sah Feuerräder und aufsteigende Luftballons, die auf einmal platzten.

Aufstehen konnte Kalli nicht. Und dann war es dunkel, und er hörte nichts mehr, das kommt vor, vor allem bei Kunstradfahrern.

Aber das geht auch vorüber, besonders wenn man bei offenem Fenster liegt und die Sonne scheint und die alte Fabrik nicht weit ist. Kalli nämlich wachte im Bett auf. Was da so schwer auf seiner Stirn lag, das war ein Verband. Kalli dachte: Ach du liebe Neune, dann betastete er den Verband. In seinem Kopf grummelte es noch ein bißchen, das war so, als säße er in einer großen Betonröhre im Bahndamm und über ihm donnerte ein Güterzug vorbei. Schöne Bescherung, dachte Kalli, da bleibt man lieber liegen, bis der Wind sich gelegt hat.

Als seine Mutter hereinkam, schloß er gleich die Augen, aber nicht ganz. Er blinzelte nur und konnte sehen, daß sie leise ging. Sie brachte ihm eine Tasse Kakao, das war schon mal ein gutes Zeichen. Er machte schnell, als ob er aufwachte. Sie sagte: Du siehst schon viel besser aus, Kalli. Er trank den Kakao in kleinen Schlucken. Und seine Mutter stand am Fenster und sah ihm zu. Da sagte er: Wirklich, Mami, ich hab's geschafft, ich stand auf dem Sattel, und nur weil die auf einmal klatschten, hab' ich nicht aufgepaßt. Du mußt jetzt still sein, sagte die Mutter, und vor allem mußt du gesund werden. Nachdem sie gegangen war, dachte Kalli: So, das hätten wir.

Nur sein Vater, der ließ sich kaum sehen. Selten genug steckte er den Kopf herein. Er fragte höchstens: Na, du Kunstradfahrer? Mehr brachte er nicht fertig, und Kalli glaubte, daß ihm da eine große Abrechnung bevorstand. Um das alles hinter sich zu bringen, beeilte er sich ziemlich mit dem Gesundwerden, und an einem Freitag war er wieder ganz gesund.

Sein Vater wusch mal wieder das Auto. Kalli ging zu ihm und sagte: Wenn du willst, helfe ich dir ein bißchen. Er nahm auch gleich den Lederlappen und wischte die Scheiben blank. Ich helf dir jetzt immer, sagte Kalli. Das hoffe ich, sagte sein Vater, denn du stehst bei mir ganz schön in der Kreide. Die Kette war nämlich gerissen, du weißt schon, an welchem Rad. Ich habe die ganze Reparatur bezahlt.

Kalli wischte die Windschutzscheibe von innen blank. Und während er rieb, so immer von oben nach unten, sah er die beiden Kunstradfahrer aus dem Haus kommen. Paul schob das leichte, blitzende Rad. Sie kamen näher und grüßten Kallis Vater. Sie sprachen mit ihm, und Kalli duckte sich und machte sich ganz klein – warum, wußte er auch nicht. Und plötzlich sagte sein Vater: Deine Freunde sind hier, sie gehen zum Training. Willst du sie nicht begleiten und zugucken? Kalli kam ungläubig hinter dem Sitz hervor. Die Kunstradfahrer lachten. Beide gaben ihm die Hand, und Paul wischte ihm einmal übers Haar, sehr gutmütig. Er sagte: Ein Kunstradfahrer *muß* einmal Pech haben, sonst ist er kein richtiger Kunstradfahrer. Nur üben, das sollte er nicht allein. Kunstradfahrer üben nur gemeinsam. Merk dir das, sagte sein Vater.

Jetzt ging Wim noch einmal ins Haus zurück. Kalli blickte zur Fabrik hinunter. Die lag still und bereit da, als ob sie ihn erwartete. Ich werde nie mehr allein üben, sagte Kalli und versprach es seinem Vater in die Hand. Als Wim zurückkehrte, führte er ein zweites leichtes Rad neben sich, ein Spezialrad für Kunstradfahrer. Er führte es an Kalli heran, dann ließ er es fallen – aber so, daß Kalli es auffing. Das ist unser Reserverad, sagte Paul. Damit wurden wir schon Norddeutscher Meister. Darf ich es führen, fragte Kalli. Fahren, Junge, sagte Wim, fahren sollst du es. Weil es ein Meisterrad ist, darf es nur von einem Meister gefahren werden. Na, sagte Kallis Vater, am Sonntag kommen wir alle mal rüber. Dann wollen wir uns mal ansehen, was die Meister zu bieten haben. He, rief Kalli, dann müssen wir uns aber beeilen. Schließlich muß ich den ganzen Rückstand im Training aufholen. Er stieß die beiden Kunstradfahrer aufmunternd an. Alle nickten sich zu.

Kalli zog natürlich ungeduldig als erster los, hüpfte und schnaubte fröhlich. Und auch das Meisterrad schien ganz ungeduldig, Kalli mußte es am Sattel zurückhalten, so drängte es nach vorn.

Vom buckligen Trampelpfad winkte er seinem Vater zu. Und sein Vater winkte mit dem Ledertuch zurück.

Siegfried Lenz

Anekdote zur Senkung der Arbeitsmoral

IN EINEM HAFEN an einer westlichen Küste Europas liegt ein ärmlich gekleideter Mann in seinem Fischerboot und döst. Ein schick angezogener Tourist legt eben einen neuen Farbfilm in seinen Fotoapparat, um das idyllische Bild zu fotografieren: blauer Himmel, grüne See mit friedlichen schneeweißen Wellenkämmen, schwarzes Boot, rote Fischermütze. Klick. Noch einmal: klick, und da aller guten Dinge drei sind und sicher sicher ist, ein drittes Mal: klick. Das spröde, fast feindselige Geräusch weckt den dösenden Fischer, der sich schläfrig aufrichtet, schläfrig nach seiner Zigarettenschachtel angelt. Aber bevor er das Gesuchte gefunden, hat ihm der eifrige Tourist schon eine Schachtel vor die Nase gehalten, ihm die Zigarette nicht gerade in den Mund gesteckt, aber in die Hand gelegt, und ein viertes Klick, das des Feuerzeuges, schließt die eilfertige Höflichkeit ab. Durch jenes kaum messbare, nie nachweisbare Zuviel an flinker Höflichkeit ist eine gereizte Verlegenheit entstanden, die der Tourist – der Landessprache mächtig – durch ein Gespräch zu überbrücken versucht. »Sie werden heute einen guten Fang machen.«

Kopfschütteln des Fischers. »Aber man hat mir gesagt, dass das Wetter günstig ist.« Kopfnicken des Fischers.

»Sie werden also nicht ausfahren?« Kopfschütteln des Fischers, steigende Nervosität des Touristen. Gewiss liegt ihm das Wohl des ärmlich gekleideten Menschen am Herzen, nagt an ihm die Trauer über die verpasste Gelegenheit. »Oh? Sie fühlen sich nicht wohl?« Endlich geht der Fischer von der Zeichensprache zum wahrhaft gesprochenen Wort über.

»Ich fühle mich großartig«, sagt er. »Ich habe mich nie besser gefühlt.« Er steht auf, reckt sich, als wollte er demonstrieren, wie athletisch er gebaut ist. »Ich fühle mich fantastisch.«

Der Gesichtsausdruck des Touristen wird immer unglücklicher, er kann die Frage nicht mehr unterdrücken, die ihm sozusagen das Herz zu sprengen droht: »Aber warum fahren Sie dann nicht aus?« Die Antwort kommt prompt und knapp.

»WEIL ICH HEUTE MORGEN SCHON AUSGEFAHREN BIN.«
»WAR DER FANG GUT?«
»ER WAR SO GUT, DASS ICH NICHT NOCH EINMAL AUSFAHREN BRAUCHE, ICH HABE VIER HUMMER IN MEINEN KÖRBEN GEHABT, FAST ZWEI DUTZEND MAKRELEN GEFANGEN.«

Der Fischer, endlich erwacht, taut jetzt auf und klopft dem Touristen auf die Schulter. Dessen besorgter Gesichtsausdruck erscheint ihm als ein Ausdruck zwar unangebrachter, doch rührender Kümmernis. »Ich habe sogar für morgen und übermorgen genug!«, sagt er, um des Fremden Seele zu erleichtern. »Rauchen Sie eine von meinen?«

»Ja, danke.«

Zigaretten werden in Münder gesteckt, ein fünftes Klick, der Fremde setzt sich kopfschüttelnd auf den Bootsrand, legt die Kamera aus der Hand, denn er braucht jetzt beide Hände, um seiner Rede Nachdruck zu verleihen. »Ich will mich ja nicht in Ihre persönlichen Angelegenheiten mischen«, sagt er, »aber stellen Sie sich mal vor, Sie führen heute ein zweites, ein drittes, vielleicht sogar ein viertes Mal aus, und Sie würden drei, vier, fünf, vielleicht sogar zehn Dutzend Makrelen fangen. Stellen Sie sich das mal vor!«

Der Fischer nickt.

»Sie würden«, fährt der Tourist fort, »nicht nur heute, sondern morgen, übermorgen, ja, an jedem günstigen Tag zwei-, dreimal, vielleicht viermal ausfahren – wissen Sie, was geschehen würde?«

Der Fischer schüttelt den Kopf.

»Sie würden sich in spätestens einem Jahr einen Motor kaufen können, in zwei Jahren ein zweites Boot, in drei oder vier Jahren könnten Sie vielleicht einen kleinen Kutter haben, mit zwei Booten oder dem Kutter würden Sie natürlich viel mehr fangen – eines Tages würden Sie zwei Kutter haben, Sie würden ...«, die Begeisterung verschlägt ihm für ein paar Augenblicke die Stimme, »Sie würden ein kleines Kühlhaus bauen, vielleicht eine Räucherei, später eine Marinadenfabrik, mit einem eigenen Hubschrauber rundfliegen, die Fischschwärme ausmachen und Ihren Kuttern per Funk Anweisung geben, Sie könnten die Lachsrechte erwerben, ein Fischrestaurant eröffnen, den Hummer ohne Zwischenhändler direkt nach Paris exportieren – und dann ...« – wieder verschlägt die Begeisterung dem Fremden die Sprache. Kopfschüttelnd, im tiefsten Herzen betrübt, seiner Urlaubsfreude schon fast verlustig, blickt er auf die friedlich hereinrollende Flut, in der die ungefangenen Fische munter springen. »Und dann«, sagt er, aber wieder verschlägt ihm die Erregung die Sprache. Der Fischer klopft ihm auf den Rücken wie einem Kind, das sich verschluckt hat. »Was dann?«, fragt er leise.

»Dann«, sagt der Fremde mit stiller Begeisterung, »dann könnten Sie beruhigt hier im Hafen sitzen, in der Sonne dösen – und auf das herrliche Meer blicken.«

»Aber das tu ich ja schon jetzt«, sagt der Fischer, »ich sitze beruhigt am Hafen und döse, nur Ihr Klicken hat mich dabei gestört.« Tatsächlich zog der solcherlei belehrte Tourist nachdenklich von dannen, denn früher hatte er auch einmal geglaubt, er arbeite, um eines Tages einmal nicht mehr arbeiten zu müssen, aber es blieb keine Spur von Mitleid mit dem ärmlich gekleideten Fischer in ihm zurück, nur ein wenig Neid.

Heinrich Böll

MEINE KRAFTPUNKTE

HEUTE MORGEN

Heute Morgen, kurz vor zehn, vibrierte mein Handy an meiner Brust. Ich spürte das Brummen, kümmerte mich aber nicht weiter darum, ich kauerte nämlich vor einer Wand und untersuchte einen Riss und seine Entwicklung.

Mit dem Knie auf meinem Schutzhelm versuchte ich zu verstehen, wieso dieses Gebäude niemals bewohnbar sein würde.

Ich war von der Versicherungsgesellschaft des Architekturbüros, das den Bau geplant hatte, als Sachverständiger bestellt worden und wartete darauf, dass mein Assistent mit dem Ablesen der Messlehren fertig wurde, die wir vor vier Monaten neben dem Riss angebracht hatten.

Ich möchte jetzt nicht weiter ins Detail gehen, das wird sonst zu technisch, aber die Situation war ernst. Unsere Agentur saß seit mehr als zwei Jahren an diesem Fall, und es ging um eine Menge Geld. Eine sehr große Menge Geld, den Ruf dreier Architekten, zweier Vermessungsingenieure, eines Bauträgers, einer Baufirma für Erdarbeiten, eines Bauunternehmers, eines Bauleiters, eines beratenden Ingenieurs und eines Abgeordneten. Es ging darum, die voraussichtliche Schadensentwicklung zu benennen, wie es in unserem Fachjargon so verschämt heißt, und je nachdem, welchem der folgenden drei Begriffe mein künftiges Gutachten den Vorzug geben würde: »Verschiebung«, »Versatz« oder »Neigung« (mit allen logischen Konsequenzen), hätte das Auswirkungen, zwar nicht auf den Betrag – diese Feinheiten fielen nicht in mein Ressort –, aber doch auf die Namen des Ausstellers sowie des Adressaten der künftigen Rechnung.

Mit anderen Worten, ich saß an diesem Tag nicht allein am Krankenbett eines Gebäudes, das, kaum aus der Erde gewachsen, schon dem Tod geweiht war, und deshalb konnte mein Handy gut und gern vor sich hin vibrieren.

Es fing übrigens schon wieder damit an. Und zitterte zwei Minuten später erneut. Genervt schob ich meine Hard unter die Jacke und schaltete es, ohne hinzusehen, aus. Kaum hatte ich es mundtot gemacht, übernahm das Handy von François, meinem Assistenten. Es klingelte lange, sechs, sieben Mal vielleicht, und nahm noch zwei Anläufe, aber François stand in einer Gondel zehn Meter über dem Boden, und der Sturkopf, der versuchte, ihn zu erreichen, gab schließlich auf.

Ich dachte nach. Seufzte. Strich über den verfluchten Riss, den dritten schon in diesem Stück Wand, seit wir mit unseren Untersuchungen begonnen hatten, und berührte ihn sanft mit dem Finger wie eine menschliche Wunde. Mit dem gleichen Ohnmachtsgefühl und der gleichen christlich angehauchten Beschwörungsformel: Wand, schließe dich.

Ich hasse mein aktuelles Leben. Diese Aufgabe hier lastete schwer auf mir, auf uns, auf meinem Geschäftspartner und mir, sie war zu schwierig, zu knifflig und vor allem zu riskant. Wie auch immer mein Bericht ausfallen würde und auch wenn die Folgen dieser Geschichte letztendlich von den Winkelzügen der Rechtsanwälte abhingen, bei denen sich die beunruhigendsten Risse, Konstruktionen und Fundamente stets in gütlichem Einvernehmer beziffern ließen, war mir klar, dass wir uns allein durch die Tatsache, dass ich mich äußerte, dass wir uns äußerten, die Feindschaft eines großen Teils unserer Branche zuziehen würden.

Sollten die Architekten von Schuld reingewaschen werden, würden wir die Kunden des verantwortlichen Bauträgers und Bauunternehmers verlieren, und würde die Verantwortung den Architekten angelastet, würden wir erst in Monaten, vielleicht sogar Jahren unser Geld bekommen und noch etwas Wertvolleres verlieren als eine komfortable Kapitaldecke, nämlich unser Vertrauen.

Unser Vertrauen in sie, unser Vertrauen in uns und indirekt auch unser Vertrauen in unseren Berufsstand, denn sollte sich herausstellen, dass die Schuld bei ihnen lag, wäre das der Beweis dafür, dass sie uns von Anfang an belogen hatten.

Wir hatten lange gezögert, den Auftrag anzunehmen, und dass wir uns dafür entschieden haben, zeigt die Hochachtung, die wir diesen Leuten entgegenbringen. Diesen Leuten und ihrer Arbeit. Wir haben uns an die Arbeit gemacht mit allen Risiken, die das für uns bedeutete (wir mussten in teures Arbeitsgerät investieren), weil wir stets an ihre Redlichkeit geglaubt haben.

Sollte sich herausstellen, dass wir uns getäuscht haben, wäre das für meinen Geschäftspartner und mich ein schwerer Schlag mit beträchtlichen Folgen.

Ausgerechnet an diesem Morgen beschlichen mich nun zum allerersten Mal Zweifel. Die Gründe dafür brauche ich hier nicht weiter auszuführen, ich sagte es schon, das wird schnell zu technisch, aber ich war ungewöhnlich nervös. Es gab zwei oder drei Details, die mich verwirrten, und ein kleiner heimtückischer Gedanke begann seine Unterminierungsarbeiten. Wie der Hausbock oder Termiten, die wir von Berufs wegen auf dem Kieker hatten, ein kleiner alles zersetzender Gedanke.

Zum ersten Mal, seit ich mich um diese Baustelle kümmerte, in den vielen hundert Stunden, die ich mit diesem Fall schon zugebracht hatte, merkte ich, wie etwas in mir zu arbeiten begann: Hatten uns die Architekten wirklich die ganze Wahrheit erzählt?

(Diese Einleitung ist ziemlich lang geraten, scheint mir aber angesichts der weiteren Ereignisse, die hier dargelegt werden sollen, unabdingbar. Entscheidend ist das Fundament, das habe ich in meinem Job gelernt.)

An dieser Stelle war ich mit meinen unguten Gefühlen, meinen Grübeleien also angelangt, als just einer der besagten Architekten auf mich zukam und mir sein Handy hinhielt.

»Ihre Frau«, sagte er in alarmiertem Ton.

NOCH BEVOR

Noch bevor ich ihre Stimme hörte, wusste ich, dass sie es war, die die ganze Zeit versucht hatte, mich zu erreichen, und noch bevor ich hörte, was sie mir sagen wollte, hatte ich mir schon das Schlimmste ausgemalt.

Es lässt sich nicht in Worten ausdrücken, in welchem atemberaubenden Tempo die kleinen Rädchen im Gehirn in Alarmbereitschaft geraten, losrasen, sich drehen und klappern. Noch bevor ich die beiden kurzen Silben Hal-lo herausbrachte, hatten jede Menge imaginärer Bilder, eins morbider als das andere, Zeit gefunden, vor meinem inneren Auge vorbeizudefilieren, und als ich das Handy entgegennahm, war ich davon überzeugt, dass einem geliebten Menschen etwas sehr Schlimmes zugestoßen sein musste.

Grässliche Bruchteile von Sekunden. Grässliche seismische Erschütterungen. Riss, Sprung, Scharte, Ritze, Spalte, Bruch, alles, was Sie wollen, das Herz kriegt in diesem Moment für immer einen Knacks.

DIE SCHULE

»Die Schule«, haucht sie, »Valentins Schule. Sie haben angerufen. Es gibt ein Problem. Du musst unbedingt hingehen.«

»Was für ein Problem?«

»Keine Ahnung. Das wollten sie mir am Telefon nicht sagen. Sie wollen, dass wir vorbeikommen.«

»Ist dem Kleinen was passiert?«

»Nein, er hat was angestellt.«

»Was Schlimmes?«

Und noch während ich die Frage stellte, spürte ich, wie mein Herz wieder schlug. Dem Kleinen war nichts passiert, der Rest war mir vollkommen egal. Der Rest zählte nicht mehr, und ich begann schon wieder, meine Wand zu inspizieren.

(Und erst heute Nacht beim Schreiben dieser Worte: »und ich begann schon wieder, meine Wand zu inspizieren«, merke ich, wie weit mich dieser Auftrag schon in den Wahnsinn getrieben hat.)

»Ganz bestimmt, sonst würden sie uns ja nicht so plötzlich einbestellen. Pierre«, flehte sie, »du musst unbedingt hingehen ...«

»Jetzt? Aber ich kann nicht! Ich bin auf der Baustelle Boulevard Pasteur, das weißt du doch. Ich kann jetzt nicht weg, wir warten auf die Ergeb...«

»Hör zu«, fiel sie mir ins Wort, »seit zwei Jahren machst du uns allen das Leben zur Hölle mit deiner gottverdammten Baustelle. Ich weiß, dass der Job schwierig ist, und ich habe dir bisher nie Vorwürfe gemacht, aber jetzt brauche ich dich. Ich habe das Wartezimmer voller Leute, ich kann meine Sprechstunde jetzt nicht absagen, und außerdem bist du viel dichter an der Schule. Du gehst da jetzt hin.«

Nun gut. Ich will das Problem jetzt nicht in aller Ausführlichkeit darlegen, denn auch hier wird's schnell zu technisch, aber ich kenne meine Frau gut genug, um zu wissen, wie die richtige Antwort lautet, wenn sie diesen Ton anschlägt:

»Okay. Okay, ich geh da jetzt hin.«

»Du sagst mir Bescheid, was los ist, ja?«

Sie schien wirklich besorgt.

Sie schien so besorgt, dass ich auch wieder unruhig wurde, sie steckte mich an, und ich brüllte in die Landschaft, dass es mit meinem jüngsten Sohn ein Problem gebe und ich so bald wie möglich wieder zurück sei. Ich spürte, wie mir aus meiner Umgebung ein bitterböser Windhauch an Unverständnis entgegenschlug, aber keiner traute sich, ein Wort zu sagen. Ein Kind war selbst in diesem Haifischbecken noch ein ganz kleines bisschen wichtiger als ein Sack Zement.

François hob in seiner Gondel zur Beruhigung die Hand. Es war ein Zeichen, das in etwa sagen sollte: Mach dir keine Sorgen, ich habe alles im Blick. In dieser Situation ein fantastisches Zeichen. Ganz wunderbar.

DIE REKTORIN

Die Rektorin hatte höchstselbst am Tor der Grundschule Victor Hugo Stellung bezogen. Auf diese Schule waren alle unsere drei Jungen gegangen. Sie begrüßte mich nicht, lächelte nicht, gab mir nicht die Hand. Sie sagte nur: »Kommen Sie mit.«

Ich kannte sie. Bei Schulfeiern, Elternabenden oder Klassenausflügen haben wir stets ein paar Worte gewechselt, ich hatte ihr vor ein paar Jahren sogar umsonst meine Arbeitskraft zur Verfügung gestellt, damals, als die Schulkantine vergrößert wurde (die »Mensa«, wie sie seither hieß). Alles war gut verlaufen, und ich hatte den Eindruck, wir hätten ein gutes Verhältnis.

Nun liefen wir an dem neuen Gebäude entlang, ich fragte sie, ob damit alles in Ordnung sei, aber sie antwortete mir nicht. Oder hatte mich nicht gehört. Ihr Gesichtsausdruck war unfreundlich, ihr Schritt zügig und ihre Hand zur Faust geballt.

Ihr feindseliges Auftreten warf mich um fast vierzig Jahre zurück. Plötzlich fühlte ich mich in die Haut eines kleinen Jungen zurückversetzt, der etwas ausgefressen hatte und hinter der Rektorin herlief, ohne zu mucken, und der sich fragte, wie wohl seine Strafe aussähe und ob man seine Eltern informieren würde. Ein sehr unangenehmes Gefühl, das können Sie mir glauben.

SEHR UNANGENEHM UND SEHR SELTSAM

Sehr unangenehm im Hinblick auf mich, denn es war mehr als ein Gefühl, es war eine Erinnerung – ich war ein äußerst lebhaftes Kind gewesen, einer dieser Jungen, die man am Ohr durch den Schulhof zog, als wollte man sie zum Schafott führen –, und sehr seltsam im Hinblick auf meinen Sohn Valentin, er war nämlich das umgänglichste, wohlerzogenste und liebste Kind.

Was hatte er bloß angestellt?

Zum zweiten Mal an diesem Vormittag stand ich vor einem Rätsel, das meine Fähigkeiten überstieg. Was war im Kopf meines sechsjährigen Sohns schiefgelaufen, dass seine kleine Welt, jedenfalls die seiner Schule, solche Maßnahmen ergriff, Risse zeigte, die von »Verschiebung«, »Versatz« oder »Neigung« kündeten?

Bei seinen Brüdern hätte ich mich nicht gewundert, aber bei ihm? Er hatte seine Lehrerin immer vergöttert, hielt seine Hefte in Ordnung, gab anderen seine Spielsachen, und wenn er in den Ferien bei meinen Schwiegereltern war, rannte er von morgens bis abends um das Schwimmbecken herum, um Insekten herauszufischen, die zu ertrinken drohten, anstatt selbst darin zu baden. Er sollte bestraft werden?!?

Mein Weihnachtsgeschenk, wie ich ihn gerne nenne, und das war er auch, im wahrsten Sinne des Wortes. Seine beiden Brüder waren schon groß, Thomas war acht und Gabriel sechs, als Juliette, seine Mama, mich eines Abends fragte, was ich mir zu Weihnachten wünschte, und ich antwortete: ein Kind. Weihnachten haben wir zwar knapp verfehlt, aber da er Mitte Februar auf die Welt kam, wurde es ein Valentin.

Ein Valentin und ein Wunder von einem Kind.

Wie konnte mein Weihnachtsgeschenk mit seinen kaum sechs Jahren die Rektorin der Schule in einen solchen Zustand versetzen? Das war nicht zu fassen.

DAS BÜRO

Das Büro der Rektorin befand sich im Hauptgebäude im ersten Stock. Sie ging vor mir hinein und bedeutete mir, ihr zu folgen, ohne mich auch nur eines Blickes zu würdigen.

Ich trat ein.

»Schließen Sie die Tür«, sagte sie zu mir.

Hätte ich einen Spannungsmesser dabeigehabt, dann hätte mir das Gerät noch vor dem Anzeigen der Messdaten einen elektrischen Schlag versetzt. Das hier war kein Elterngespräch, es war ein elektromagnetisches Feld.

Im Raum befanden sich ein düster dreinblickender Mann, der meinen leisen Gruß mit einem kaum merklichen Nicken erwiderte, an seiner Seite eine Frau, die so verkniffen aussah, dass sie nicht genügend Luft bekam, um auf meinen Gruß zu antworten, zwischen ihnen ein kleiner Junge, vermutlich ihr Sohn, in einem Rollstuhl, der den Blick nicht hob, so sehr war er damit beschäftigt, von seiner Hose einen imaginären Schmutzfleck zu entfernen, und ihnen gegenüber, allein, am Fenster, mein kleiner Valentin.

Er stand im Gegenlicht und hatte den Kopf gesenkt. Ich konnte sein Gesicht nicht sehen.

WIE KONNTE MEIN WEIHNACHTSGESCHENK MIT SEINEN KAUM SECHS JAHREN DIE REKTORIN DER SCHULE IN EINEN SOLCHEN ZUSTAND VERSETZEN? DAS WAR NICHT ZU FASSEN.

ANNA GAVALDA

VALENTIN

»Valentin wird Ihnen erklären, warum ich Sie heute Morgen zusammen mit Maximes Eltern einbestellt habe«, verkündete die Rektorin und wandte sich an meinen Sohn.
Keine Antwort.
»Valentin«, wiederholte sie, »jetzt hab wenigstens den Mut, deinem Vater zu erzählen, was du getan hast.«
Maximes Papa sah meinen Sohn streng an, Maximes Mama schüttelte empört den Kopf und kaute auf einem Taschentuch, Maxime sah aus dem Fenster, und Valentin schaute auf seine Füße.
»Valentin«, sagte ich sanft, »erzähl mir, was du getan hast.«
Keine Antwort.
»Valentin, sieh mich an.«
Mein Sohn gehorchte, und vor mir stand ein Kind, das ich noch nie gesehen hatte. Es war auch kein Kind, es war eine Wand. Sein Gesicht war eine Wand, und diese Wand war weitaus solider als die Wände, die mich vor einer halben Stunde noch beschäftigt hatten. Eine Wand, die von zwei hellen unbeweglichen Augen durchbrochen war. Eine Stützmauer.
Natürlich zeigte ich nach außen keinerlei Regung, aber ich lächelte in mich hinein. Er war so goldig, der kleine Dickschädel, wie ein junger Soldat vor dem Kriegsgericht. Nein, er war nicht goldig, er war wunderschön.
So schön, so still und so blass, dass man ihn für eine Kinderbüste aus weißem Marmor hätte halten können.
»Valentin«, wiederholte die Rektorin, »bitte zwing mich nicht dazu, es deinem Vater sagen zu müssen.« Maximes Mama entfuhr ein leiser Schluchzer, und dieser Schluchzer nervte mich. Was war hier eigentlich los? Ihr Sohn war am Leben, soweit ich sehen konnte, und für seinen Zustand war mein Sohn schließlich nicht verantwortlich! Ich wollte mich gerade einmischen, wollte meinem Ärger Luft machen, als mein Junge sich dazu entschloss, ein Geständnis abzulegen, und dafür kann ich ihm nicht genug danken, denn er hinderte mich daran, mich vor dieser wütenden und zugleich traurigen Versammlung lächerlich zu machen.
»Ich hab den Reifen von Maximes Rollstuhl zerstochen ...«, flüsterte er.

»Genau«, gab die Rektorin sichtlich zufrieden zurück, »du hast mit deiner Zirkelspitze den Reifen am Rollstuhl deines Klassenkameraden zerstochen! Genau das hast du getan! Bist du stolz auf dich?«

Keine Antwort.

Keine Antwort von einem sechsjährigen Jungen, der bisher für sein umgängliches Naturell bekannt gewesen war, hieß »ja«, und wenn er schon die volle Verantwortung für sein Verhalten übernahm, dann war das Mindeste, was wir tun konnten, eine kleine Untersuchung einzuleiten.

Vorsicht, ich will damit nicht sagen, dass ich bereit war, die Vergehen meines Sprösslings zu dulden oder zu verzeihen, aber es ist nun mal mein Job, Untersuchungen durchzuführen, um die Verantwortlichkeiten aller an einer Streitsache Beteiligten zu klären, und ich legte großen Wert auf eine solche vorherige Begutachtung, ehe ich die Gründe für einen Schadensfall ermittelte.

Ich deckte nicht meinen Sohn, ich wendete das Gesetz an. Ich wendete das Gesetz an und ging damit besonders sorgfältig um, weil ich seit heute Morgen eine extrem penible Beziehung zur Wahrheit unterhielt.

Seit Monaten war ich von Leuten gestresst, bedrängt und in die Enge getrieben worden, die mit der Wahrheit Katz und Maus spielten, und ich brauchte für mich nun wirklich allergrößte Klarheit.

»Bist du stolz auf dich?«, fragte sie noch einmal.

Keine Antwort.

Die Rektorin wandte sich Maximes Eltern zu und hob die Hände, um ihrer Verärgerung Ausdruck zu verleihen.

Erleichtert über Valentins Geständnis und zugleich beruhigt durch die verlässliche Unterstützung seitens der Staatsmacht, stand Maximes Papa auf, und seine Mama packte ihr Taschentuch weg.

Die Spannung sank um mehrere tausend Volt, und man konnte spüren, dass es jetzt an der Zeit war, sich ernsteren Dingen zuzuwenden. Als da wären: die Sanktionen. Welche Strafe wäre hart genug für so eine feige Tat? Denn wir sind uns einig, die Damen und Herren Geschworenen, es gibt nichts Schlimmeres auf der Welt, als sich an einem wehrlosen behinderten Kind zu vergreifen, nicht wahr?

Ja, ich spürte, dass sich die Stimmung entspannte, und mir gefiel die Art dieser Entspannung nicht. Sie gefiel mir nicht, weil sie die Risse für meinen Geschmack etwas zu rasch stopfte. Ich kannte meinen Sohn, ich kannte seine Grundfesten, und ich wusste, aus welchem Holz er geschnitzt war, und es gab überhaupt keinen Grund, weshalb er ohne Not so etwas hätte machen sollen. Überhaupt keinen.

»Warum hast du das gemacht?«, fragte ich ihn und schenkte ihm ein unsichtbares Lächeln, das sich in den Brauen meiner vermeintlich böse funkelnden Augen versteckte.

Keine Antwort.

Ich war fassungslos. Ich wusste, dass mein Filius meine vermeintlich verärgerte Grimasse durchschaut hatte, warum legte er diese böse Maske dann nicht ab? Warum vertraute er mir nicht?

»Willst du es nicht sagen?«

Er schüttelte den Kopf.

»Warum willst du es nicht sagen?«

Keine Antwort.

»Er will es nicht sagen, weil er sich schämt!«, behauptete Maximes Mama.

»Schämst du dich?«, wiederholte ich sanft und hielt seinen Blick fest.

Keine Antwort.

»Hm, hören Sie ...«, seufzte die Rektorin, »ich will Sie nicht länger aufhalten, und wir wollen wegen dieser unerfreulichen Angelegenheit nicht noch mehr Zeit verlieren. Die Fakten sind klar: Valentin hat einen Reifen von Maximes Rollstuhl zerstochen, und das ist unentschuldbar. Wenn Valentin nicht reden möchte, dann hat er Pech gehabt, er wird bestraft werden und bekommt so die Zeit, über sein Verhalten nachzudenken.«

Zufriedenes Seufzen im Gerichtssaal.

Ich ließ meinen Sohn nicht aus den Augen. Ich wollte verstehen.

»Geh zurück in deine Klasse«, befahl sie ihm.

Während er zur Tür ging, sprach ich ihn an:

»Valentin, willst du es nicht sagen oder kannst du es nicht sagen?«

Er erstarrte. Keine Antwort.

»Kannst du es nicht sagen?«

Keine Antwort.

»Kannst du es nicht sagen, weil es ein Geheimnis ist?«

Und weil er jetzt zum ersten Mal mit dem Kopf nickte, gestattete die wippende Bewegung seines Nackens zwei riesengroßen Tränen, die sich in seinen Wimpern verfangen hatten, sich endlich zu lösen und langsam über seine Wangen zu laufen.

Oh ... Ich schmolz dahin. Wie gern hätte ich mich in diesem Moment vor ihn hingekniet, um ihn in die Arme zu schließen. Ihn fest zu drücken und ihm ins Ohr zu flüstern: »Ist ja gut, mein Kleiner, ist ja gut. Du hast ein Geheimnis und willst es nicht ausplaudern, nicht einmal unter Androhung von Strafe. Ich bin stolz auf dich, weißt du. Ich habe keine Ahnung, warum du das getan hast, aber ich weiß, dass du deine Gründe hattest, und das genügt mir. Ich kenne dich, ich vertraue dir.«

Natürlich rührte ich mich nicht. Nicht weil ich die Rektorin fürchtete oder aus Rücksicht auf das Schamgefühl meines Sohnes, sondern aus Respekt vor Maximes Eltern. Aus Respekt vor einem Schmerz, der mit dieser blöden Reifengeschichte nichts zu tun hatte. Aus Respekt vor diesen Leuten, die sich ebenfalls liebend gern vor ihrem kleinen Jungen hingekniet hätten, um ihn an ihr Herz zu drücken.

Ich rührte mich nicht, aber meine Déformation professionnelle brach sich Bahn. Genau in diesem Moment wurde mir klar, dass es an der Zeit war, ihretwegen, meinetwegen, Valentins und Maximes wegen und wegen der ganzen Institution Schule, die hier von der Rektorin vertreten wurde, mein ich weiß nicht wievieltes Gutachten in Angriff zu nehmen.

Ja, es war meine Aufgabe, »die erforderlichen Maßnahmen festzusetzen, um den Bau zu sichern und eine Zunahme der Schäden zu verhindern«, also legte ich meinem Sohn die Hand auf die Schulter, damit er das Zimmer nicht verlassen konnte, und indem ich ihn an meine Beine drückte, drehte ich uns beide so um, dass wir Maximes Eltern gegenüberstanden.

Ich sah sie an und sagte:

»Hören Sie zu, ich will meinen Sohn nicht verteidigen, was er getan hat, kann ich nicht gutheißen. Daher wird er mir helfen, den Schaden zu reparieren, denn ich habe Flickzeug in meinem Kofferraum und werde die Gelegenheit nutzen, um ihm, vielmehr beiden Jungen«, sagte ich und lächelte Maxime zu, »zu zeigen, wie man einen Schlauch repariert. Das schadet nicht und könnte ihnen im Leben nützlich sein.

... ICH GLAUBE TATSÄCHLICH,
DASS VALENTIN IHREM SOHN HEUTE MOR-
GEN EINEN GEFALLEN GETAN HAT.
ER HAT IHM EINEN
GEFALLEN GETAN, WEIL ER KEINEN
UNTERSCHIED ZWISCHEN IHM UND SICH
GEMACHT HAT.

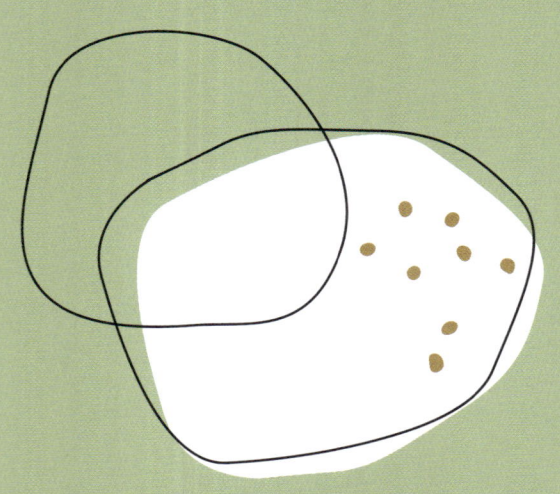

Machen wir uns also ans Werk. Die Sache mit dem Rollstuhl ist nicht so wichtig. Wichtig ist vielmehr, und daran glaube ich, auch wenn ich weiß, dass das, was ich sagen werde, Sie schockieren könnte, ich glaube tatsächlich, dass Valentin Ihrem Sohn heute Morgen einen Gefallen getan hat. Er hat ihm einen Gefallen getan, weil er keinen Unterschied zwischen ihm und sich gemacht hat. Und wissen Sie warum? Weil er vermutlich auch keinen sieht. Maxime ist für Valentin weder schwach noch verletzlich, er ist ein Junge wie alle anderen auch, der folglich dieselben harten Gesetze des Pausenhofs ertragen muss wie die anderen. Valentin hat ihn nicht diskriminiert, nicht einmal im Sinne einer positiven Diskriminierung, wie wir Erwachsenen sagen würden, die wir für alles komplizierte Wörter finden, nein, er hat ihn behandelt wie seinesgleichen. Aus Gründen, die wir nicht kennen und die wir nicht zu wissen brauchen, denn die Geheimnisse unserer Kinder sind heilig, musste Valentin Ihrem Sohn wehtun. Hätte er es gekonnt, hätte er ihm den Arm verdreht oder ein Bein gestellt oder gegen das Schienbein getreten oder was auch immer getan, aber weil das nicht konnte, hat er sich an den Rollstuhl gehalten. Das ist sein gutes Recht. Das ist sein gutes Recht, und ich würde sogar behaupten, es ist gesund. Unsere Kinder betrachten sich als ebenbürtig, und es ist ein Fehler«, und jetzt wandte ich mich an die Rektorin, »so einem lächerlichen Vorfall so viel Bedeutung beizumessen. Hätte Valentin sich mit einem anderen Jungen auf dem Schulhof in die Wolle gekriegt«, fragte ich sie, »hätten Sie uns dann auch mit Blaulicht einbestellt? Nein. Natürlich nicht. Die Aufsichtsperson hätte die beiden getrennt, und fertig. Und das hier ist das Gleiche, ein Junge hat einem anderen ein Bein gestellt, nicht mehr und nicht weniger.« Dann drehte ich mich wieder zu Maximes Eltern um: »Ich wiederhole es noch einmal, ich will meinen Sohn nicht entschuldigen, ich entschuldige ihn nicht, und ich wünsche auch, dass er bestraft wird, aber ich bleibe dabei, als er den Reifen zerstochen hat, hat er Ihren Sohn nicht gedemütigt, sondern ihm im Gegenteil seine Ehre erwiesen.«

Da ich es eilig hatte, auf meine Baustelle zurückzukehren, und sie mir allesamt auf die Nerven gingen, diese Erwachsenen, die keine Ahnung von Kindern hatten, weil sie alles über ihre eigene Kindheit vergessen hatten, wartete ich nicht, bis sie meine Tirade kommentierten, sondern setzte meine Stützungsmaßnahmen fort.

»Sagen Sie mir doch«, wandte ich mich an die Rektorin, »wo wir eine Schüssel Wasser herbekommen, und du, Valentin, schiebst jetzt vorsichtig diesen Rollstuhl und kommst mit mir zum Parkplatz.«

Während der eine oder andere allmählich aus seiner Starre erwachte, immer noch ein wenig benommen von meiner Diagnose des Schadensfalls, fasste ich dem kleinen Maxime unter die Arme, um ihn zu seinem Flickkurs zu tragen.

Er war nicht schwer, ich hob ihn hoch, schnell und mit Schwung, und in diesem Moment war ich derjenige, ja, ich, der von den vier anwesenden Erwachsenen im Raum den größten Schlag abbekam.

Ich wurde von einem Schwindel ergriffen, wie ich ihn noch nie in meinem Leben erlebt hatte. Beinahe wäre ich gestrauchelt.

Nein, Entschuldigung, wir sollten bei der Wahrheit bleiben, »Schwindel« ist nicht das richtige Wort. Als ich diesen kleinen Jungen von sechs Jahren hochhob, wurde ich nicht von einem Schwindel ergriffen, ich habe ein Gefühl der Trauer empfunden, das so stark war, dass es mich aus dem Gleichgewicht gebracht hat.

Wie kam es zu diesem »Versatz«, wo ich vor noch nicht einmal einer Minute unbeirrt an meinen Überzeugungen festgehalten und alle ins Gebet genommen hatte, dabei sogar noch an der Souveränität der Amtsgewalt gekratzt hatte?

WEIL

Weil ich Vater von drei Jungen bin. Weil ich in den letzten fünfzehn Jahren schon mehrere hundert Mal ein Kind hochgehoben habe, um es in den Arm zu schließen. Viele hundert, ja tausend Mal.

Weil, und alle Erwachsenen, die das Gleiche getan haben, werden mich verstehen, es hat etwas … ich weiß nicht … keine Ahnung, aber Wahrheit verpflichtet, ich muss das richtige Wort finden … etwas … Zärtliches, Beruhigendes, Tröstliches, Sicherheit Gebendes, ja, genau das ist es, etwas Sicherheit Gebendes – und Gott weiß, dass ich mich mit Strategien der Absicherung und Stärkung tragender Wände auskenne und mit Sicherungsmaßnahmen für die Seele wie für den Körper –, wenn man ein Kind auf den Arm nimmt, und das liegt am »Koalareflex«.

Kaum hat man sie hochgehoben, ziehen die Kinder wie die Jungen aller Säugetiere, vermute ich, die Beine an, um sie um unsere Taille zu schlingen. Sie denken nicht darüber nach, sie denken nie darüber nach, es ist ein Reflex. Kaum strecken wir ihnen die Arme entgegen, gestattet ihnen ihre Lebensklugheit sofort, sich rasch und sicher an uns festzukrallen, wodurch sie uns weniger schwer vorkommen.

WUNDERBARE NATUR

Wunderbare Natur, und doch so ungerecht, launisch und grausam, die den einen zugesteht, was sie den anderen verwehrt: Dieser kleine Maxime mit seinen schlaffen Beinen, die an mir herabhingen, während ich ihn anlächelte, auf ihm schien die ganze Trauer der Menschheitsgeschichte zu lasten.

Darauf war ich nicht gefasst gewesen, und ich wankte vor Schreck.

Auf einmal war ich nicht mehr der große Experte vom Dienst, der alles weiß und mit vollen Händen Empfehlungen verteilt. Ich holte Maximes Beine zu mir heran, indem ich sie unterfasste, verabschiedete mich von der Rektorin und bot seinen Eltern bescheiden an, mit mir zum Parkplatz zu gehen.

Wenn wir schon flicken wollten, dann alle gemeinsam, das wäre lustiger.

LUSTIGER

Lustiger wurde es. Maximes Papa hieß Antoine und seine Mama Claire. Sie waren nicht verärgert, sie waren müde.

Da ich keine Lust hatte, auf die warmen Arme ihres Sohns zu verzichten – eine unbewusste Sehnsucht, nehme ich an und für meine Gereiztheit und meine Predigt von vorhin zu büßen, desgleichen dafür, dass meine drei Kinder gesund waren, hat Claire ein Gefäß mit Wasser geholt, und Antoine hat den Reifen abmontiert. Er hat den Jungen auch gezeigt, wie man in einem Schlauch ein Loch findet, indem man nach den Luftbläschen Ausschau hält, und wie wichtig es ist, das Gummi gut aufzurauen und zu säubern, bevor man den Kleber aufträgt. Währenddessen diente ich als Kran, als Greifarm, als Gabelstapler und als Hebebühne für einen kleinen, äußerst neugierigen Jungen.

Eine Rolle, die mir gefiel. Ich hatte mich auf einer Baustelle schon lange nicht mehr so nützlich gefühlt!

Leider hatte ich nicht die Zeit, mich anschließend von Antoine und Claire auf einen Kaffee einladen zu lassen, denn meine Messdaten warteten auf mich. Aber wir trennten uns versöhnt und wiederhergestellt, während Maxime und Valentin erneut ihren leidigen Pflichten nachkamen.

Maxime drehte selbst die Reifen seines Rollstuhls, und Valentin lief neben ihm her.

Ich wollte schon zu ihm sagen: »Könntest du ihn vielleicht schieben!«, aber ich schwieg.

Ein bisschen Logik, Herr Gutachter, ein bisschen Logik.

183 MILLIMETER

183 Millimeter auf der G1, 79 auf der G2, 51 auf der 3D im und 12 auf der Achse, verkündete mir François, kaum dass ich aufgelegt hatte, ich hatte mein Handy mitsamt Juliettes Ängsten noch nicht einmal zurück in die Jacke gesteckt.

Als ich nicht reagierte, setzte er nach:

»Wundert dich das?«

Die Heckklappe seines Dienstwagens stand offen, und er saß auf einem leeren Kanister und klimperte auf seinem Laptop herum, der vor ihm im Kofferraum stand.

»Wundert dich das nicht?«, fragte er, während ich von Neuem die Nordfassaden der Ulmenresidenz am Boulevard Pasteur betrachtete, dieses wunderbare Immobilienprojekt mit 59 Wohnungen, »schlüsselfertig« geliefert, wie auf einem vier mal drei Meter großen Schild direkt vor mir zu lesen stand – im Juli letzten Jahres.

»Das ... ich weiß nicht«, seufzte ich, »wie lange brauchst du noch?«

»Ich bin fast fertig.«

»Komm, du machst nachher weiter. Ich hab Hunger. Lass uns was essen gehen.«

IN WAHRHEIT

In Wahrheit hätte ich nie versucht, Valentins Geheimnis in Erfahrung zu bringen, und vermutlich hätte ich es auch nie erfahren, wenn Léo, Thomas' bester Freund, nicht eine kleine sechsjährige Schwester hätte.

Diese kleine Schwester hieß Amélie, und diese Amélie war ein Plappermäulchen. Am selben Nachmittag hatte sie ihrem Bruder von Valentins »Vergehen« erzählt – einem Vergehen, das in der Schule die Runde gemacht hatte, das der Hauptgesprächsstoff aller an diesem Tag anwesenden Schüler und Erwachsenen war und das in diesem Pausenhof für die nächsten Jahrhunderte ein großes Rätsel bleiben würde, keine Frage –, Amélie war ein Plappermäulchen, und am selben Abend, als wir beim Essen saßen, bekamen Juliette und ich Folgendes zu hören:

Gabriel: He, Vava?

Valentin: Was ist?

Gabriel: Stimmt es, dass du heute einem Typen in deiner Klasse den Reifen am Rollstuhl zerstochen hast?

Valentin: Ja.

Großes Gelächter seitens der Älteren.

Thomas: Habt ihr 1000 Kilometer gespielt und du hast vergessen, dass es ein Kartenspiel ist?

Noch größeres Gelächter.

Gabriel: Womit hast du zugestochen? Mit einer Reißzwecke?

Valentin: Nein.

Thomas: Mit einem Nagel?

Valentin: Nein, mit meinem Zirkel.

Noch viel größeres Gelächter.

Thomas: Warum? Was hat er dir getan?

(Und ich konnte sehen, wie klug Kinder sind: Rollstühle haben per se nichts, wovor man Respekt haben müsste, und in einem Pausenhof kriegt man nie grundlos eins auf die Mütze.)

Keine Antwort.

Gabriel: Willst du es nicht sagen?

Keine Antwort.

Thomas: Hat er dich beleidigt?

Keine Antwort.

Gabriel: Hat er dir dein Mäppchen geklaut, der Dummkopf?

Valentin (geschockt): Der ist überhaupt nicht dumm. Der ist sogar der Beste in der Klasse. Außerdem kann er schon lesen und kann schon schreiben.

Gabriel: Ach so? Ja, dann sag doch mal, was er dir getan hat.

Keine Antwort, und unserem kleinen Valentin kamen schon wieder die Tränen.

Die Großen liebten ihren kleinen Bruder, auch für sie war er ein Geschenk, und ihn so zu sehen, mit verzerrtem Mund und feuchten Augen, tat ihnen weh.

Gabriel: Vava, sag uns sofort, was er dir getan hat, sonst fragen wir ihn morgen selbst.

Valentin (dessen versteinerte Haltung angesichts einer solchen Drohung sofort Risse bekam, vom Kopf bis zu den Füßen, und der nun vollends zusammenbrach): Das kann ich euch nicht sagen, schluchzte er, sonst schimpft Mama mit mir.

Juliette (amüsiert und ergriffen, aber vor allem ergriffen): Nein, komm schon. Sag es ruhig. Ich verspreche dir, dass ich nicht mit dir schimpfen werde.

Gabriel (triumphierend): Ah, ich weiß! Ich weiß! Es hat mit den Pokémon-Karten zu tun!

Valentin (Rotz und Wasser heulend): Ja ... jaaaa.

Die Pokémon-Karten waren bei uns zu Hause ein heikles Thema, weil Valentin (geimpft, eingeweiht, geprägt, bekehrt, indoktriniert und angestachelt von seinen Brüdern) ganz verrückt danach war und ihretwegen schon mehrmals bestraft worden war. Seine Mutter hatte ihm folglich ausdrücklich untersagt, sie mit in die Schule zu nehmen, wo sie im Übrigen ebenfalls ausdrücklich untersagt waren. (Und plötzlich begriff ich, warum er vor der Rektorin so hartnäckig geschwiegen hatte und sich lieber für Feigheit bestrafen ließ als für Ungehorsam.)

Angesichts einer solchen Flut an Tränen, eines derart großen Kummers und eines derartigen moralischen Rückgrats erlaubte ich mir endlich, was ich mir am Morgen noch versagt hatte: Ich stand vom Tisch auf und ging zu meinem Sohn, um ihn in den Arm zu schließen.

Er lag nun in meinen Armen mit seinem Geruch nach Kreide,

Honig, Unschuld, Müdigkeit, mildem Shampoo und kindlicher Verzweiflung, er lag in meinen Armen mit seiner feuchten Schnauze und seinen Koala-Pfötchen, die mich umschlossen, und von der Schulter seines Papas schluchzte er in Richtung seiner Brüder:

»Er ... er hat mich ... er hat mich angelogen. Er hat mir eine ... eine ... superseltene Karte abgenommen für eine ... eine wertlose Karte ... weil er mir ... nämlich erzählt hat, dass es ei... eine le... eine legendäre ist.«

»Welche hat er dir abgenommen?«, fragte Gabriel ungerührt.

»Meine Skaraborn EX mit 180 KP.«

»Bist du wahnsinnig?!«, rief Thomas aus. »Die darfst du doch nicht tauschen, niemals!«

»Welche hat er dir dafür gegeben?«, fuhr Gabriel fort.

»Knuddeluff.«

Stille.

Die beiden Großen waren stehend k. o. gegangen. Nach ein paar Sekunden der Schockstarre wiederholte Thomas ungläubig:

»Knuddeluff? Das doofe kleine Knuddeluff mit 90 KP ?!?«

»Ja ... jaaa«, Valentin schluchzte noch lauter.

»Aber ... aber«, japste Gabriel entrüstet, »man braucht es sich doch bloß anzusehen, das kleine Knuddeluff, um zu wissen, dass das nichts taugt! Das ist doch ganz rosa! Wie ein alberner Teddybär für Mädchen!«

»Ja, aber ... aber er hat mir gesagt, dass ... dass das ein ... ein legendäres Pokémon ist.«

Thomas und Gabriel standen unter Schock. Ein Skaraborn EX gegen ein Knuddeluff zu tauschen, das war schon schlimm genug, aber so einen Coup auch noch damit zu begründen, dass man behauptet, Knuddeluff wäre ein legendäres Pokémon, das, also, das war wirklich der Gipfel an Niedertracht und Schäbigkeit, den ein Pausenhof je erlebt hatte. Ich betrachtete ihre entgleisten Gesichtszüge, sie sahen aus wie gerupft, und ich lachte laut auf. Sie erinnerten an zwei kleine Mafiosi, die von einem sechseinhalbjährigen Joe Pesci übers Ohr gehauen worden waren.

Nach einminütiger Grabesstille, in der man nur das Besteck hören konnte, das gegen Teller schlug, ließ Thomas schließlich die Totenglocke läuten:

»Du warst noch viel zu lieb, Valentin. Viel zu lieb. Du hättest ihm beide Reifen zerstechen sollen, diesem Seeräuber!«

ANNA GAVALDA

NACHDEM

Nachdem ich ihn vorhin in seinem Bett gut zugedeckt hatte, fragte ich ihn:

»Sag mal, was heißt eigentlich KP ?« »Kraftpunkt.« »Ach so ... verstehe.« »Je mehr KP dein Pokémon hat«, schob er hinterher, zog unter seiner Matratze eine Karte heraus und zeigte mir die Zahl rechts oben, »umso stärker ist es. Verstehst du?« Ich wusste, dass jetzt nicht der passende Moment dafür war, aber ich konnte nicht widerstehen und fragte:

»Hast du die Karte mit dem Knuddeluff noch?« Sein Blick verfinsterte sich sofort.

»Ja«, stöhnte er, »aber die ist völlig wertlos.« »Würdest du sie mit mir tauschen?«, fragte ich und schaltete seine Nachttischlampe aus.

»Auf keinen Fall, die tausche ich nicht«, antwortete er gähnend, »die schenk ich dir. Die ist total wertlos. Aber wofür willst du die haben?« »Als Erinnerung.«

»Als Erinnerung an was?«

Valentin war eingeschlafen, bevor er eine Antwort von mir erhalten hatte, und das war auch besser so, ich kannte sie nämlich selbst nicht.

Was hätte ich ihm antworten sollen?

Als Erinnerung an dich. Als Erinnerung an mich. Als Erinnerung an deine Brüder und an eure Mama. Als Erinnerung an diesen Tag.

Sobald ich die Antworten kenne, schreibe ich Berichte.

Ich verbringe mein Leben damit, Berichte zu schreiben, damit verdiene ich mir meine Brötchen.

Es ist jetzt schon fast drei Uhr morgens, das ganze Haus schläft, ich sitze immer noch in meinem Büro und beende gerade meinen ersten Bericht, den ich geschrieben habe, ohne die Antwort zu kennen.

Ich wollte einfach festhalten, was ich heute erlebt habe.

Meine Familie, meinen Job, meine Sorgen, meine Zweifel, was mich noch wundert und was nicht mehr, meine Lebensfreude, meine Privilegien, mein Glück.

Meine Fundamente.

Meine Kraftpunkte.

Anna Gavalda

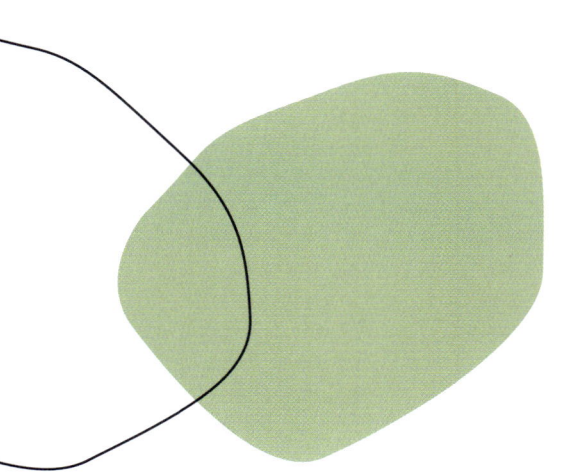

Der Graf und der Hochzeitsgast

ALS ANDY DONOVAN eines Abends zum Essen in seine Pension in der Second Avenue kam, stellte ihn Mrs. Scott einem neuen Gast vor, einer jungen Dame namens Miss Conway. Miss Conway war klein und zurückhaltend. Sie trug ein einfaches, tabakbraunes Kleid und widmete ihr Interesse, das nur gering schien, ihrem Teller. Sie hob ihre schüchtern gesenkten Lider, warf Mr. Donovan einen klaren, abschätzenden Blick zu, murmelte höflich seinen Namen und kehrte wieder zu ihrem Hammelfleisch zurück. Mr. Donovan verbeugte sich graziös und mit strahlendem Lächeln, was ihm in letzter Zeit schnell gesellschaftlichen, geschäftlichen und politischen Erfolg einbrachte, und strich die Tabakbraune von der Liste seiner weiteren Erwägungen.

Zwei Wochen später saß Andy auf der Treppe vor der Haustür und ließ sich seine Zigarette schmecken. Da raschelte es leise hinter ihm, Andy drehte den Kopf – und ließ sich den Kopf verdrehen.

Gerade trat Miss Conway aus der Tür. Sie trug ein pechschwarzes Kleid aus Crêpe de – Crêpe de – also aus diesem dünnen schwarzen Zeug. Von ihrem schwarzen Hut hing flatternd ein ebenholzfarbener Schleier, zart wie Spinnwebe. Sie stand auf der obersten Stufe und zog schwarze Seidenhandschuhe an. Lein Pünktchen Weiß an ihrer ganzen Kleidung, keine farbige Stelle! Ihr üppiges, goldgelbes Haar trug sie fast ohne Welle und tief im Nacken zu einem glänzenden, glatten Knoten geschlungen. Ihr Gesicht war eher hässlich als hübsch, aber jetzt war es verklärt uns fast schön durch ihre großen, grauen Augen, die mit einem Ausdruck höchst anziehender Traurigkeit und Melancholie über die Häuser der anderen Straßenseite hinweg zum Himmel aufblickten.

Stellt euch das Mädchen vor – ganz in Schwarz, wisst ihr, mit einer Vorliebe für Crêpe de – eh, Crêpe de Chine, jetzt hab ich's. Ganz in Schwarz also, und dann dieser traurige, träumerische Blick, und das Haar leuchtet unter dem schwarzen Schleier (ihr müsst natürlich blond sein), und versucht so auszusehen, als ob ein Spaziergang in den Park euch guttun würde, obwohl euer junges Leben gerade in dem Augenblick zerstört worden ist, als es mit einem Sprung über die Schwelle des Lebens setzen wollte, und achtet darauf, dass ihr wie zufällig im rechten Moment aus der Tür tretet, und – oh, das macht immer Eindruck auf die Männer. Aber es ist wirklich schlimm, wie zynisch ich bin – nicht wahr? –, so über Trauerkleider zu reden.

Mr. Donovan setzte plötzlich Miss Conway wieder auf die Liste seiner Erwägungen. Er warf die restlichen ein und ein Drittel Zoll seiner Zigarre weg, obwohl sie noch für acht Minuten gut gewesen wären, und beeilte sich, das Zentrum seines Schwergewichts in seine Lackhalbschuhe zu verlegen.

»Ein schöner, klarer Abend heute, Miss Conway«, sagte er; und wenn das Wetterbüro den zuversichtlichen Nachdruck in seiner Stimme hätte hören können, würde es das quadratische weiße Signal gehisst und am Mast festgemacht haben.

»Nur für die, die ihn von Herzen genießen können, Mister Donovan«, sagte Miss Conway seufzend.

Im Innersten verfluchte Mr. Donovan das schöne Wetter. Herzloses Wetter! Es hätte hageln und stürmen und schneien sollen, um Miss Conway Stimmung zu untermalen.

»Ich hoffe, keiner Ihrer Verwandten – ich hoffe, Sie haben keinen Verlust erlitten?«, wagte Mr. Donovan.

»Der Tod hat«, sagte Miss Conway zögernd, »nicht das Leben eines Verwandten gefordert, sondern das eines ... aber ich möchte Sie nicht mit meinem Kummer belästigen, Mister Donovan.«

»Belästigen?«, protestierte Mr. Donovan. »Aber ich bitte Sie, Miss Conway. Ich würde mich freuen, das heißt, es würde mir leid

STELLT EUCH DAS MÄDCHEN VOR –
GANZ IN SCHWARZ, WISST IHR,
MIT EINER VORLIEBE FÜR CRÊPE DE –
EH, CRÊPE DE CHINE, JETZT HAB ICH'S.
GANZ IN SCHWARZ ALSO, UND DANN DIESER
TRAURIGE, TRÄUMERISCHE BLICK, ...

tun ... ich meine, niemand könnte ehrlicher mit Ihnen fühlen als ich.«

Miss Conway lächelte ein kleines Lächeln. Oh, nun sah sie noch trauriger aus als mit ernstem Gesicht.

»›Lache, und die Welt lacht mit dir; weine, und sie wird dich verlachen‹«, zitierte sie. »Ich habe das kennengelernt, Mister Donovan. Ich habe weder Freunde noch Bekannte in dieser Stadt. Sie sind freundlich zu mir gewesen, ich weiß das sehr zu schätzen.«

Er hatte ihr nur zweimal bei Tisch den Pfeffer gereicht.

»Klar, es ist schlimm in New York allein zu sein«, sagte Mr. Donovan. »Trotzdem, wenn unser gutes Städtchen erst mal auftaut und freundlich wird, dann ist es prima hier. Wie wär's mit einem kleinen Bummel in den Park, Miss Conway? Meinen Sie nicht, ich könnte Ihre üble Stimmung ein bisschen vertreiben? Und wenn Sie mir erlauben ...«

»Danke, Mister Donovan, ich nehme gern Ihre Begleitung an, wenn Sie glauben, dass Ihnen die Gesellschaft von jemand, dessen Herz von Trauer erfüllt ist, irgendwie angenehm sein kann.«

So schlenderten sie durch das offene Tor des alten, von einem eisernen Zaun umgebenen Stadtparkes, wo einst die Auserwählten frische Luft geschöpft hatten. Sie fanden eine stille Bank.

Es ist ein Unterschied zwischen dem Gram der Jugend und dem des Alters; das Leid der Jugend wird in dem Maße geringer, in dem es mit jemand geteilt wird; das Alter aber mag sich mitteilen, so viel es will, der Kummer bleibt immer derselbe.

»Er war mein Verlobter«, vertraute ihm Miss Conway nach einer Stunde an. »Wir wollte im kommenden Frühjahr heiraten. Ich möchte nicht, dass Sie glauben, ich will sie verkohlen, Mister Donovan, aber er war ein richtiger Graf. Er hatte ein Gut und ein Schloss in Italien. Graf Fernando Mazzini hieß er. Ich habe nie einen eleganteren Mann gesehen. Papa war natürlich dagegen, und einmal sind wir durchgebrannt, aber Papa holte uns ein und brachte uns zurück. Ich dachte nicht anders, Papa und Fernando würden sich duellieren. Papa hat ein Livreegeschäft in P'kipsee, wissen Sie.

Schließlich gab Papa doch nach und sagte, wir könnten nächstes Frühjahr heiraten. Fernando zeigte ihm Schriftstücke, die seinen Titel und seinen Reichtum bewiesen, und dann fuhr er nach Italien 'rüber, um das Schloss für uns in Ordnung zu bringen. Papa ist sehr stolz, und als Fernando mir ein paar tausend Dollar für meine Aussteuer geben wollte, schimpfte er ihn mächtig aus. Nicht mal einen Ring oder irgendein anderes Geschenk durfte ich von ihm annehmen.

Und als Fernando abfuhr, kam ich hierher in die Stadt und suchte mir eine Stelle als Kassiererin in einem Konfektladen.

Vor drei Tagen wurde mir von P'kipsee ein Brief aus Italien nachgeschickt. Er enthielt die Mitteilung, dass Fernando bei einer Gondelfahrt tödlich verunglückt ist.

Und deshalb bin ich in Trauer. Mein Herz, Mister Donovan, wird immer in seinem Grabe bleiben. Ich fürchte, ich bin keine angenehme Gesellschaft für Sie, Mister Donovan, aber ich kann mich für niemand interessieren. Ich sollte Sie auch nicht von der Fröhlichkeit und ihren Freunden fernhalten, die lachen und unterhaltend sind. Vielleicht möchten Sie lieber nach Hause zurück?«

Nun, ihr Mädchen, wenn ihr mal einen jungen Mann sehen wollt, der sich eilig nach Hacke und Schaufel umsieht, dann erzählt ihm nur, dass euer Herz im Grabe eines andern ist. Junge Männer sind Grabschänder von Natur aus. Fragt die Witwen! Irgendetwas muss ja wohl auch geschehen, damit die weinenden Engel in Crêpe de Chine das fehlende Organ zurückerhalten. Tote Männer ziehen dabei natürlich immer den Kürzeren.

»Es tut mir schrecklich leid«, sagte Mr. Donovan sanft. »Nein, wir wollen noch nicht nach Hause. Und sagen Sie nicht, Sie hätten hier in der Stadt keine Freunde, Miss Conway. Es tut mir schrecklich leid, und bitte glauben Sie mir, dass ich ihr Freund bin und dass es mir schrecklich leidtut.«

»Ich habe ein Bild von ihm hier in meinem Medaillon«, sagte Miss Conway, nachdem sie sich die Augen mit einem Taschentuch gewischt hatte. »Ich habe es noch nie jemandem gezeigt, aber Sie sollen es sehen, Mister Donovan, weil ich glaube, Sie sind ein wirklicher Freund.«

Mr. Donovan starrte lange und mit großem Interesse auf das Foto in dem Medaillon, das Miss Conway für ihn geöffnet hatte. Das Gesicht des Grafen Mazzini erregte Interesse. Es war ein glattes, intelligentes, heiteres, fast hübsches Gesicht – das Gesicht eines heiteren, fröhlichen Mannes, der wohl der Führer seiner Freunde sein mochte.

»In meinem Zimmer habe ich noch ein größeres, in einem Rahmen«, sagte Miss Conway. »Wenn wir zurückkommen, werde ich es

DER GRAF UND DER HOCHZEITSGAST

Ihnen zeigen. Es ist alles, was ich von Fernando habe. Aber ich werde ihn immer im Herzen tragen, das ist sicher.«

Mr. Donovan stand vor der heiklen Aufgabe, den unglücklichen Grafen aus dem Herzen Miss Conways zu verdrängen. Dazu entschloss er sich aus Bewunderung für sie. Aber die Schwierigkeit seines Unterfangens schien seine gute Laune nicht zu beeinträchtigen. Er versuchte es zunächst in der Rolle des teilnahmsvollen, doch heiteren Freundes, und er spielte sie so erfolgreich, dass die nächste halbe Stunde sie bei zwei Portionen Eis in nachdenklicher Unterhaltung fand, obwohl die Traurigkeit noch nicht aus Miss Conways großen, grauen Augen gewichen war. Ehe sie sich am Abend in der Diele trennten, lieg sie nach oben und brachte ihm das gerahmte Foto, liebevoll in einen weißen Seidenschal gewickelt. Mr. Donovan betrachtete es mit unergründlichem Blick.

»Dies hat er mir am Abend vor seiner Abreise nach Italien gegeben«, sagte Miss Conway. »Das im Medaillon habe ich nach diesem hier machen lassen.«

»Ein gutaussehender Mann«, sagte Mr. Donovan herzlich. »Würden Sie mir die Freude machen, Miss Conway, mich am nächsten Sonntagnachmittag nach Coney zu begleiten?«

Einen Monat später gaben sie Mrs. Scott und den anderen Pensionsgästen ihre Verlobung bekannt. Miss Conway ging weiter in Schwarz.

Eine Woche nach der Bekanntgabe saßen die beiden auf derselben Bank im Stadtpark. Der Mond schien durch die Baumwipfel, und die Bewegungen der Blätter erzeugten ein undeutliches, kinohaftes Bild. Donovan hatte schon den ganzen Abend zerstreut und trübsinnig dreingeblickt. Er war heute Abend so still, dass ihre Lippen nicht länger die Frage zurückhalten konnten, die ihr Herz dringend stellte.

»Was ist los, Andy, du bist so ernst und griesgrämig heute Abend?«

»Nichts, Maggie.«

»Das weiß ich besser. Du hast dich noch nie so benommen. Also was ist?«

»Nichts Besonderes, Maggie.«

»Doch, es ist was, und ich möchte es wissen. Ich wette, du denkst an irgendein anderes Mädchen. Na gut, warum läufst du nicht hinter ihr her, wenn dir so viel an ihr liegt? Nimm bitte deinen Arm weg.«

»Dann will ich es dir erzählen«, sagte Andy einsichtig, »aber ich fürchte, du wirst es nicht ganz verstehen. Du hast doch sicher schon von Mike Sullivan gehört, nicht wahr? Den ›Großen Mike Sullivan‹ nennen ihn alle.«

»Nein, das hab ich nicht«, sagte Maggie. »Und ich will auch gar nicht, wenn du dich wegen ihm so benimmst. Was ist mit ihm?«

»Er ist der wichtigste Mann in New York«, sagte Andy fast ehrfürchtig. »Er kann mit Tammany oder überhaupt in der Politik so ungefähr alles machen, was er will. Er ist eine Meile lang und so breit wie der East River. Du brauchst nur mal was gegen den ›Großen Mike‹ zu sagen, und binnen zwei Sekunden haben dich eine Million Männer am Kragen. Na, und vor einiger Zeit machte er einen Besuch drüben in der alten Heimat, und die Könige verkrochen sich in ihre Löcher wie Kaninchen.

Der ›Große Mike‹ ist ein Freund von mir. Ich bin ja hier im Bezirk nur ein kleines Licht, aber Mike ist mit den kleinen oder armen Leuten ebenso gut Freund wie mit den großen. Heute traf ich ihn auf der Bowery, und was meinst du, was er tut? Kommt auf mich zu und schüttelt mir die Hand. ›Andy‹, sagte er, ›ich habe dich im Auge behalten. Du hast dich hier nicht schlecht gehalten, ich bin stolz auf dich. Was willst du trinken?‹ Er raucht seine Zigarre, und ich trinke einen Whisky Soda. Ich erzählte ihm, dass ich in zwei Wochen heiraten will. ›Andy‹, sagte er, ›schicke mir eine Einladung, damit ich's nicht vergesse, und dann komme ich zur Hochzeit‹. Genau das sagt der ›Große Mike‹ zu mir, und er tut immer, was er sagt.

Du verstehst das nicht, Maggie, aber ich würde mir eine Hand abhacken lassen, um den ›Großen Mike Sullivan‹ bei unserer Hochzeit zu haben. Es wäre der stolzeste Tag in meinem Leben. Wenn er zu jemandem zur Hochzeit geht, dann ist das ein gemachter Mann fürs Leben. Und deshalb sehe ich heute vielleicht so verärgert aus.«

»Warum lädst du ihn dann nicht ein, wenn er so ein Pfundskerl ist?«, sagte Maggie leichthin.

»Es gibt einen Grund, warum ich das nicht kann«, sagte Andy traurig, »einen Grund, warum er nicht kommen darf. Frag mich nicht, was es ist, ich kann es dir nicht erzählen.«

»Oh, das ist mir egal«, sagte Maggie, »sicher irgendwas Politisches. Aber das ist noch kein Grund, mir kein freundliches Gesicht zu zeigen.«

»Maggie«, sagte Andy nach einer Weile, »machst du dir aus mir genauso viel wie aus deinem Grafen Mazzini?«

Er wartete lange, aber Maggie antwortete nicht. Und dann lag sie plötzlich an seiner Schulter, umklammerte fest seinen Arm und begann zu weinen. Sie weinte, von Schluchzen geschüttelt, und benetzte das Crêpe de Chine mit Tränen.

»Aber, aber, aber«, beschwichtigte Andy, seinen eigenen Kummer unterdrückend, »was ist denn nur?«

»Andy«, schluchzte Maggie, »ich habe dich belogen, und du wirst mich nun nicht mehr heiraten und mich nicht mehr lieben. Aber ich fühle, dass ich's dir sagen muss. Andy, es hat nie auch nur so viel wie den kleinen Finger eines Grafen gegeben. Ich hatte noch nie einen Verehrer in meinem Leben. Aber die andern Mädchen hatte alle einen, und sie redeten davon, und dadurch schienen sie den Männern nur noch mehr zu gefallen. Und Andy, Schwarz steht mir so gut, das weißt du ja. Da bin ich in einen Fotoladen gegangen, habe das Bild gekauft und mir das kleine für das Medaillon machen lassen, und dann habe ich die ganze Geschichte vom Grafen und seinem Tod erfunden, damit ich Schwarz tragen konnte. Und keiner kann eine Lügnerin lieben, und du wirst mich sitzenlassen, Andy, und ich werde vor Scham sterben. Oh, ich habe nie jemanden gern gehabt außer dir – und das ist alles.«

Sie hatte erwartet, dass Andy sie wegschieben würde; stattdessen umarmte er sie nun fester. Sie schaute auf und sah, dass sein Gesicht nun heiter war und lächelte.

»Kannst du – kannst du mir verzeihen, Andy?«

»Klar«, sagte Andy. »Alles in Ordnung. Auf den Friedhof mit dem Grafen. Du hast alles wieder ins Lot gebracht, Maggie. Ich hatte gehofft, dass du es noch vor der Hochzeit tun würdest. Bist ein prächtiges Mädchen!«

»Andy«, sagte Maggie mit einem etwas schüchternen Lächeln, als sie seiner völligen Verzeihung sicher war, »hast du die ganze Geschichte mit dem Grafen geglaubt?«

»Hm, viel nicht«, sagte Andy und griff nach seinem Zigarrenetui, »weil es nämlich das Bild vom ›Großen Mike Sullivan‹ ist, das du da in deinem Medaillon hast.«

O. Henry

Zwei an einem Tag

SCHLIESSLICH GINGEN SIE eine ruhige Seitenstraße hinunter und kamen zu einer Art Garagentor, wo Emma einen Code in ein Eingabefeld tippte und das schwere Tor mit der Schulter aufstieß. Sie betraten einen chaotischen, heruntergekommenen Innenhof, der auf allen Seiten von Wohnungen umgeben war. Wäsche hing auf rostigen Balkonen, vernachlässigte Topfpflanzen welkten in der Abendsonne. Der Hof hallte vom Geplärr wetteifernder Fernseher und dem Geschrei von Kindern wider, die mit einem Tennisball Fußball spielten, und Dexter unterdrückte einen Anflug von Gereiztheit. Als er die Situation in Gedanken durchgegangen war, hatte er sich einen baumumschatteten Platz ausgemalt, Häuser mit Fensterläden, einen Ausblick auf Notre-Dame vielleicht. All das war schon in Ordnung, auf großstädtische, industrielle Art sogar schick, aber etwas Romantischeres hätte es ihm leichter gemacht.

»Wie gesagt, nichts Großartiges. Leider ist es der fünfte Stock.«

Sie drückte den Lichtschalter mit Zeitbegrenzer, und sie stiegen die steile, enge, schmiedeeiserne Wendeltreppe hinauf, die sich stellenweise von der Wand zu lösen schien. Emma wurde plötzlich bewusst, dass Dexters Blick auf Augenhöhe mit ihrem Hinterteil war, und fing nervös an, nichtvorhandene Falten an ihrem Rock glatt zustreichen. Als sie den Treppenabsatz des dritten Stocks erreicht hatten, ging das Licht aus, sie fanden sich im Dunkeln wieder, und Emma tastete nach seiner Hand, führte ihn die Stufen hinauf, bis sie vor einer Tür standen. In der trüben Helligkeit des Oberlichts lächelten sie sich an.

»Das ist es. Chez moi!«

Sie nahm einen riesigen Schlüsselbund aus der Tasche und machte sich an die komplexe Aufgabe, diverse Schlösser aufzuschließen. Nach einer Weile öffnete sie die Tür zu einer kleinen, aber feinen Wohnung mit abgewetzten, grau gestrichenen Dielen, einem großen, ausgebeulten Sofa und einem kleinen, ordentlichen Schreibtisch mit Blick auf den Innenhof, die Wände waren von gewichtig aussehenden französischen Büchern mit einheitlich blassgelben Rücken gesäumt. Ein frischer Strauß Rosen und Obst standen nebenan auf dem Küchentisch, und durch die andere Tür erhaschte Dexter einen Blick in das Schlafzimmer. Sie hatten noch nicht besprochen, wo er schlafen würde, aber er konnte das einzige Bett in der Wohnung sehen, ein ausladendes, schmiedeeisernes Modell, altmodisch und sperrig wie aus einem Landhaus. Ein Schlafzimmer, ein Bett. Die Abendsonne schien durch die Fenster und betonte die Tatsache noch. Er überprüfte, ob sich das Sofa ausklappen ließ. Fehlanzeige. Ein Bett. Sein Herz schlug schneller, aber vielleicht lag das ja nur am Treppensteigen.

Sie machte die Tür zu, und es wurde still.

»So. Da wären wir.«

»Es ist toll.«

»Es ist okay.« Das Treppensteigen und die Nervosität hatten Emma durstig gemacht, und sie ging zum Kühlschrank, machte die Tür auf und nahm eine Flasche Mineralwasser heraus. Sie trank in tiefen Zügen, als Dexter ihr die Hand auf die Schulter legte, plötzlich vor ihr stand und sie küsste. Sie hatte den Mund voller Sprudelwasser und presste die Lippen zusammen, um ihn nicht vollzuspritzen wie ein Sodaspender. Sie lehnte sich zurück, deutete auf ihre Wangen, die absurd aufgepustet waren wie bei einem Kugelfisch, fuchtelte mit den Armen und gab ein Geräusch von sich, das so viel bedeuten sollte wie »Moment«.

Ritterlich trat Dexter einen Schritt zurück, damit sie schlucken konnte. »Entschuldige.«

»Kein Problem. Hast mich nur überrascht.« Sie wischte sich den Mund ab.

»Alles okay?«

»Ja, aber, Dexter, ich muss dir sagen ...«

Wieder küsste er sie, ungeschickt und zu heftig, bis der Küchentisch, an den sie sich gelehnt hatte, geräuschvoll über den Boden rutschte, sodass sie abrupt die Hüfte anheben musste, damit die Vase mit den Rosen nicht umfiel.
»Ups.«
»Die Sache ist die, Dex ...«
»Sorry, ich wollte ...«
»Aber die Sache ist ...«
»So was von ungeschickt ...«
»Ich habe jemanden kennengelernt.«
Er trat einen Schritt zurück.
»Du hast jemanden kennengelernt?«
»Einen Mann. Einen Typ. Ich treffe mich mit einem Typen.«
»Einen Typen. Aha. Okay. Verstehe. Wer?«
»Er heißt Jean-Pierre. Jean-Pierre Dusollier.«
»Er ist Franzose?«
»Nein, Dex, Waliser.«
»Ich bin nur überrascht.«
»Weil er Franzose ist oder weil ich tatsächlich einen Freund habe?«
»Es ist nur – na ja, ging ja ratzfatz, nicht? Ich meine, du bist erst ein paar Wochen hier. Hast du erst ausgepackt oder ...«
»Zwei Monate! Ich bin seit zwei Monaten hier, und ich habe Jean-Pierre vor einem Monat kennengelernt.«
»Und wo hast du ihn kennengelernt?«
»In einem kleinen Bistro um die Ecke.«
»In einem kleinen Bistro. Aha. Wie?«
»Wie?«
»... habt ihr euch kennengelernt?«
»Na ja, ähm, ich saß allein beim Abendessen, habe ein Buch gelesen, und dieser Typ war mit ein paar Freunden da, und er hat mich gefragt, was ich lese ...« Kopfschüttelnd stöhnte Dexter auf, ein Profi, der sich über die Arbeit eines anderen lustig macht. Emma beachtete ihn nicht und ging ins Wohnzimmer. »Jedenfalls sind wir ins Gespräch gekommen ...«
Dexter folgte ihr. »Was, auf Französisch?«
»Ja, auf Französisch, und wir haben uns auf Anhieb verstanden, und jetzt ... läuft was zwischen uns!« Sie ließ sich aufs Sofa plumpsen.

»So. Jetzt weißt dus!«

»Aha. Verstehe.« Er zog die Augenbrauen hoch, ließ sie wieder sinken und verzerrte das Gesicht bei dem Versuch, gleichzeitig zu schmollen und zu lächeln. »Tja. Schön für dich, Em, das ist echt toll.«

»Nur nicht so gönnerhaft, Dexter. Als wäre ich eine einsame alte Dame ...«

»Ich und gönnerhaft!« Gespielt gleichgültig sah er aus dem Fenster in den Innenhof hinunter. »Und wie ist er so, dieser Jean ... «

»Jean-Pierre. Nett. Sehr gut aussehend, sehr charmant. Ein toller Koch, er weiß alles über Essen, Wein, Kunst und Architektur. Du weißt schon, einfach sehr, sehr ... französisch.«

»Wie, meinst du etwa unhöflich?«

»Nein ...«

»Schmutzig?«

»Dexter!«

»Fährt er Fahrrad, mit 'ner Zwiebelschnur um den Hals ...«

»Gott, manchmal bist du echt unerträglich ...«

»Was zum Teufel soll das denn heißen, sehr ›französisch‹?«

»Keine Ahnung, einfach sehr cool und lässig und ...«

»Sexy ... ?«

»›Sexy‹ habe ich nicht gesagt.«

»Nein, aber du machst selbst einen auf sexy, fummelst an deinen Haaren rum, mit aufgeknöpfter Bluse ...«

»So ein bescheuertes Wort, ›sexy‹ ...«

»Aber ihr habt doch viel Sex, oder?«

»Dexter, wieso bist du so ... ?«

»Sieh dich doch an, du leuchtest ja, du hast diesen verschwitzten, strahlenden Look ...«

»Kein Grund, so – wieso bist du überhaupt so?«

»Wie?«

»So ... gemein, als hätte ich was falsch gemacht!«

»Ich bin nicht gemein, ich dachte nur ... « Er brach ab, drehte sich zum Fenster und legte die Stirn an die Scheibe.

»Ich wünschte, du hättest es mir vorher erzählt. Dann hätte ich ein Hotel gebucht.«

»Du kannst trotzdem hierbleiben! Ich kann heute Nacht mit Jean-Pierre schlafen.« Obwohl er ihr den Rücken zudrehte, wusste sie, dass er das Gesicht verzog. »Heute Nacht bei Jean-Pierre schlafen.« Sie beugte sich auf dem Sofa vor und stützte den Kopf auf beide Hände. »Was hast du denn gedacht, was passieren würde, Dexter?«

»Weiß nicht«, murmelte er gegen die Scheibe gelehnt. »Nicht das.«

»Tja, davon konnte ich nicht ausgehen.«

»Was hast du denn geglaubt, warum ich herkomme, Em?«

»Um eine Pause einzulegen. Den Kopf freizukriegen. Dir die Sehenswürdigkeiten anzusehen!«

»Ich bin gekommen, um mit dir darüber zu reden, was passiert ist. Darüber, ob wir beide endlich zusammenkommen.« Er knibbelte an dem Fensterkitt herum. »Ich dachte einfach, es hätte dir mehr bedeutet. Das ist alles.«

»Wir haben nur einmal zusammen geschlafen, Dexter.«

»Dreimal!«

»Ich meine nicht die Anzahl der Geschlechtsakte, Dex, sondern die Situation, die Nacht, die wir miteinander verbracht haben.«

»Und ich dachte, es wäre was Besonderes gewesen! Aber bevor ich weiß, wie mir geschieht, brennst du nach Paris durch und wirfst dich dem erstbesten Franzosen an den Hals ...«

»Ich bin nicht ›durchgebrannt‹, das Ticket war schon gebucht! Warum glaubst du, dass alles immer mit dir zu tun hat?«

»Und hättest du mich nicht anrufen können, bevor du ...«

»Was, um dich um Erlaubnis zu bitten?«

»Nein, um mich zu fragen, wie ich dazu stehe!«

»Sekunde mal – du bist sauer, weil wir nicht über unsere Gefühle gesprochen haben? Du bist sauer, weil du denkst, ich hätte auf dich warten sollen?«

»Weiß nicht«, murmelte er, »vielleicht!«

»Mein Gott, Dexter, bist du ... bist du etwa eifersüchtig?«

»Natürlich nicht!«

»Und warum schmollst du dann?«

»Ich schmolle nicht.«

»Dann guck mich mal wieder an!«

Trotzig gehorchte er, die Arme vor der Brust verschränkt, und Emma musste lachen.

»Was? Was?«, fragte er empört.

»Na ja, dir ist schon klar, dass die Situation nicht einer gewissen Ironie entbehrt, oder?«

»Inwiefern?«

»Weil du plötzlich auf konventionell und ... monogam machst.«

Er schwieg und wandte sich wieder dem Fenster zu.

In versöhnlicherem Ton fügte sie hinzu: »Schau – wir waren beide leicht betrunken.«

»So betrunken war ich nicht ... «

»Du hast die Hose vor den Schuhen ausgezogen, Dex!« Er drehte sich immer noch nicht um. »Jetzt steh nicht da am Fenster rum. Komm und setz dich neben mich, ja?« Sie zog die bloßen Füße unter sich. Er stieß ein-, zweimal den Kopf an die Scheibe, kam, ohne sie anzusehen, zum Sofa und ließ sich neben sie fallen, wie ein Kind, das man aus der Schule nach Hause geschickt hat. Sie legte ihm die Füße auf den Oberschenkel.

»Gut, du willst darüber reden? Dann lass uns reden.«

Er sagte nichts. Sie stupste ihn mit den Zehen an, und als er sie schließlich ansah, sagte sie: »Okay. Ich fange an.« Sie holte tief Luft. »Ich glaube, du warst sehr durcheinander und ein bisschen hinüber, und als du mich an dem Abend besuchen gekommen bist, ist es einfach ... passiert. Ich glaube, bei all dem Kummer, weil du dich von Sylvie getrennt hast, ausgezogen bist und dir Jasmine gefehlt hat, hast du dich etwas einsam gefühlt und eine Schulter zum Ausweinen gebraucht. Oder zum Vögeln. Und das war ich. Eine Schulter zum Vögeln.«

»Das glaubst du?«

»Das glaube ich.«

»... und du hast nur mit mir geschlafen, damit ich mich besser fühle?«

»Hast du dich denn besser gefühlt?«

»Ja, viel besser.«

»Na, siehst du, ich mich auch. Es hat funktioniert.«

»... aber darum geht's nicht.«

»Na ja, es gibt schlechtere Gründe, mit jemandem zu schlafen. Du müsstest das wissen.«

»Aber Mitleids-Sex?«

»Nicht Mitleid, Mitgefühl.«

»Reiz mich nicht, Em.«

»Tu ich nicht, ich … es hatte nichts mit Mitleid zu tun, und das weißt du auch. Aber es ist … kompliziert. Das mit uns beiden. Komm her, ja?« Wieder stupste sie ihn mit dem Fuß an, und gleich darauf fiel er wie ein Baum und sank mit dem Kopf an ihre Schulter.

Sie seufzte. »Wir kennen uns jetzt schon eine Ewigkeit, Dex.«

»Ich weiß. Ich dachte nur, es wäre eine gute Idee. Dex und Em, Em und Dex, wir beide. Lass es uns eine Weile ausprobieren, mal sehen, wie es läuft. Ich dachte, du willst dasselbe.«

»Will ich auch. Wollte ich auch. Ende der 80er.«

»Und warum jetzt nicht mehr?«

»Darum. Es ist zu spät. Wir sind zu spät dran. Ich bin zu erschöpft.«

»Du bist doch erst 35!«

»Ich hab bloß das Gefühl, unsere Zeit ist vorbei«, sagte sie.

»Woher willst du das wissen, wenn wir es nicht versucht haben?«

»Dexter – ich habe einen anderen kennengelernt!«

Schweigend saßen sie da, lauschten den Kindern im Innenhof und dem entfernten Geräusch der Fernseher.

»Und du magst ihn? Diesen Typ?«

»Ja. Ich hab ihn wirklich gern.«

Er nahm ihren mit Straßenstaub bedeckten linken Fuß.

»Mein Timing ist nicht so toll, was?«

»Nein, nicht besonders.«

Er betrachtete den Fuß in seiner Hand. Der rote Nagellack war abgesplittert, und der Nagel des kleinen Zehs war verhutzelt und kaum vorhanden. »Deine Füße sind eklig.«

»Weiß ich.«

»Dein kleiner Zehennagel sieht aus wie ein winziges Maiskorn.«

»Dann hör auf, damit herumzuspielen.«

»Und damals, in der Nacht …« Er drückte den Daumen auf ihre harte Fußsohle. »War das wirklich so schlimm für dich?«

Mit dem anderen Fuß trat sie ihn heftig in die Hüfte. »Jetzt hör auf, nach Komplimenten zu heischen, Dexter.«

»Nein, im Ernst, sag's mir.«

»Nein, Dexter, es war keine schlimme Nacht für mich, genau genommen war es eine der unvergesslicheren Nächte meines Lebens. Trotzdem finde ich, wir sollten es dabei belassen.« Sie nahm die Bei-

»ICH BIN KEIN TROSTPREIS, DEX.
AUF MICH GREIFT MAN NICHT
IM NOTFALL ZURÜCK. ICH FINDE,
ICH HABE WAS BESSERES VERDIENT.«

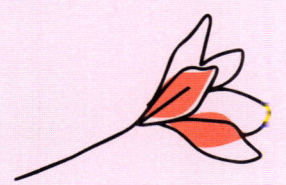

ne vom Sofa und rutschte zu ihm hinüber, bis ihre Hüften sich berührten, nahm seine Hand und legte ihm den Kopf auf die Schulter. Beide starrten die Bücherregale an, bis Emma seufzte. »Warum hast du all das nicht, keine Ahnung – vor acht Jahren gesagt?«

»Weiß nicht, ich schätze, ich war zu beschäftigt mit ... Spaß haben.«

Sie hob den Kopf und sah ihn von der Seite an: »Und jetzt, wo du keinen Spaß mehr hast, denkst du, ›gute, alte Em, probieren wir sie mal aus ... ‹«

»Das habe ich nicht gemeint ...«

»Ich bin kein Trostpreis, Dex. Auf mich greift man nicht im Notfall zurück. Ich finde, ich habe was Besseres verdient.«

»Ich finde auch, du hast was Besseres verdient. Darum bin ich hier. Du bist hinreißend, Em.«

Abrupt stand sie auf, nahm ein Kissen, warf es ihm hart an den Kopf und ging ins Schlafzimmer. »Halt die Klappe, Dex.«

Als sie an ihm vorbeikam, griff er nach ihrer Hand, aber sie riss sich los. »Wo willst du hin?«

»Mich duschen und umziehen. Ich kann nicht die ganze Nacht hier rumsitzen!«, rief sie aus dem anderen Zimmer herüber, zerrte aufgebracht Kleider aus dem Schrank und warf sie aufs Bett. »Schließlich wird er in zwanzig Minuten hier sein!«

»Wer?«

»Was glaubst du wohl? Mein NEUER FREUND!«

»Jean-Pierre kommt her?«

»M-hm. Um acht.« Sie begann, die winzigen Knöpfe an der Bluse aufzuknöpfen, gab auf, zog sie sich ungeduldig über den Kopf und schleuderte sie auf den Boden. »Wir gehen zum Abendessen aus! Zu dritt!«

Er ließ den Kopf nach hinten sinken und gab ein lang gezogenes, leises Stöhnen von sich. »Oh Gott. Muss das sein?«

»Ich fürchte ja. Es ist alles schon arrangiert.« Sie war jetzt nackt und aufgebracht, über sich selbst und die Situation. »Wir nehmen dich ins Restaurant mit, wo wir uns kennengelernt haben! Das berühmte Bistro. Wir werden am selben Tisch sitzen, Händchen halten und dir alles darüber erzählen! Es wird sehr, sehr romantisch.« Sie warf die Badezimmertür zu und schrie hindurch: »Und kein bisschen peinlich!«

Dexter hörte das Rauschen des Wassers, lehnte sich zurück, starrte an die Decke und bereute diese lächerliche Aktion. Er hatte gedacht, die Antwort gefunden zu haben, dachte, dass sie sich gegenseitig retten konnten, dabei ging es Emma schon seit Jahren bestens. Wenn jemand gerettet werden musste, dann war er es.

Und vielleicht hatte Emma ja recht, vielleicht war er ein bisschen einsam. Er hörte das Gluckern der uralten Rohrleitungen, als das Wasser abgedreht wurde, und da war es wieder, das schreckliche, beschämende Wort. Einsam. Und das Schlimmste war, dass es zutraf. Nie hätte er gedacht, dass er je einsam sein würde. Zu seinem 30. Geburtstag hatte er einen ganzen Nachtclub in einer Nebenstraße der Regent Street gefüllt; die Leute hatten bis auf den Gehsteig angestanden, um hereinzukommen. Auf der SIM-Karte des Handys in seiner Tasche waren die Telefonnummern von Hunderten von Leuten gespeichert, die er in den letzten zehn Jahren kennengelernt hatte, und trotzdem war die einzige Person, mit der er in all der Zeit je hatte reden wollen, gerade im Zimmer nebenan.

War das wirklich so? Er dachte darüber nach, kam zu dem Schluss, dass es stimmte, und entschied, es ihr auf der Stelle zu sagen. Kurz vor dem Schlafzimmer blieb er stehen.

Er beobachte sie durch einen Spalt in der Tür. Sie saß an einem kleinen Schminktisch aus den 50ern, das kurze Haar noch feucht vom Duschen, trug ein knielanges, altmodisches schwarzes Seidenkleid, dessen Reißverschluss am Rücken bis zum Kreuz offen stand, sodass man die Schatten unter ihren Schulterblättern sah. Reglos, stocksteif und elegant saß sie da, als warte sie darauf, dass jemand kam und den Reißverschluss zumachte, und die Aussicht hatte etwas so Verlockendes, die simple Geste etwas so Intimes und Befriedigendes, so vertraut und neu zugleich, dass er beinahe schnurstracks ins Zimmer marschiert wäre. Er würde ihr das Kleid zumachen, sie auf die Kuhle zwischen Hals und Schulter küssen und es ihr sagen.

Stattdessen sah er schweigend zu, wie sie nach einem Buch auf dem Schminktisch griff, ein großes, zerlesenes englisch-französisches Wörterbuch. Sie blätterte darin, hielt abrupt inne, beugte sich vor, strich sich mit beiden Händen den Pony aus der Stirn und stöhnte wütend auf. Dexter lachte über ihren Frust, leise, wie er glaubte, aber sie warf einen Blick zur Tür, und er trat rasch zurück.

Die Dielen knarrten, als er sinnloserweise in den Küchenbereich schlich, beide Wasserhähne aufdrehte und zur Ablenkung überflüssigerweise Tassen spülte. Einen Augenblick später hörte er ein kurzes Klingeln, als im Schlafzimmer der Hörer des altmodischen Telefons abgenommen wurde, und er drehte das Wasser ab, um die Unterhaltung mit diesem Jean-Pierre zu belauschen. Ein leises Liebesgeflüster auf Französisch. Er spitzte die Ohren, verstand aber kein Wort.

Wieder ein Klingeln, als sie auflegte. Eine Weile später stand sie hinter ihm im Türrahmen. »Mit wem hast du telefoniert?«, fragte er sachlich über die Schulter.

»Jean-Pierre.«

»Und, wie geht's Jean-Pierre?«

»Gut. Prima.«

»Schön. So. Ich zieh mich mal besser um. Wann kommt er noch mal vorbei?«

»Gar nicht.«

Dexter drehte sich um.

»Was?«

»Ich habe ihm gesagt, er soll nicht kommen.«

»Wirklich? Hast du?«

Am liebsten hätte er gelacht –

»Ich habe ihm erzählt, ich hätte ́ne Mandelentzündung.«

– laut aufgelacht, aber er durfte nicht, noch nicht. Er trocknete sich die Hände ab. »Was heißt das? Mandelentzündung. Auf Französisch?«

Sie fasste sich an den Hals. »Je suis très désolée, mais mes glandes sont gonflées«, krächzte sie schwach, »je pense que je peux avoir l'amygdalite.«

»L'amy ...?«

»L'amygdalite. «

»Dein Wortschatz ist erstaunlich.«

»Na ja, weißt du«, bescheiden zuckte sie mit den Schultern, »hab's nachgeschlagen.« Sie lächelten sich an. Dann, als wäre es ihr gerade erst eingefallen, war sie mit drei schnellen Schritten bei ihm, nahm sein Gesicht, küsste ihn, und er legte ihr die Hände auf den Rücken, entdeckte, dass der Reißverschluss noch offen stand, die nackte Haut noch kühl und feucht vom Duschen war. Sie küssten sich eine ganze Weile. Dann, sie hielt immer noch sein Gesicht, sah sie ihn eindringlich an. »Wenn du mich verarschst, Dexter.«

»Mach ich nicht … «

»Das ist mein Ernst, wenn du mir was vormachst, mich im Stich lässt oder hintergehst, dann schwöre ich bei Gott, ich reiß dir das Herz raus.«

»Das mache ich nicht, Em.«

»Wirklich nicht?«

»Wirklich nicht, ich schwöre.«

Sie runzelte die Stirn, schüttelte den Kopf, schlang wieder die Arme um ihn, schmiegte das Gesicht an seine Schulter und gab ein Geräusch von sich, das fast wütend klang.

»Was ist los?«, wollte er wissen.

»Nichts. Ach, nichts. Nur …« Sie sah zu ihm auf. »Ich dachte, ich wär dich endlich los.«

»Ich glaube, das kannst du gar nicht«, sagte er.

David Nicholls

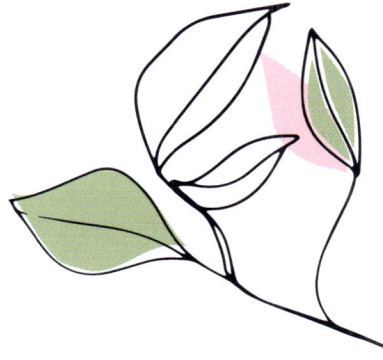

SCHNEE

AJAS GEBURTSTAG fällt auf den heißesten Tag des Jahres. In den Zeiten, in denen Évi kaum Geld hatte und sie im Sommer in Kirchblüt blieben, gab sie für Aja ein Fest, von dem die Kinder in den Straßen rund um den großen Platz noch lange redeten, nachdem sie im Frühling schon fragten und von dem ich heute manchmal glaube, Évi habe es für sich selbst gegeben. Sobald Aja am Morgen über die Felder lief, auf ihrem Kopf eine Krone aus rotem Papier, die sie neben ihrem Kissen gefunden hatte, legte Évi schon Decken ins Gras, stellte Blechbüchsen auf und hängte Zuckerstangen mit Bindfaden an eine Leine, die sie zwischen den Bäumen durch den Garten gespannt hatte. In zwei Blechwannen, die sie aus dem Verschlag hinter den Hühnern holte, goss sie kaltes Wasser, das bis Mittag warm genug war und in das wir bis zum Abend springen durften. Aja lud auch die Kinder ein, die sonst niemand einlud, die ohne Geschenk kamen und die Aja nur kannte, weil sie an jedem Zaun stehen blieb, in den schmalen Straßen hinter der kleinen Brücke, die nach Kirchblüt führte, über einen Graben, im Sommer rot

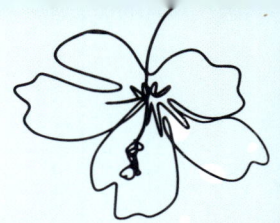

von Klatschmohn. Évi sagte nie, was Aja an diesem Tag anziehen sollte, es störte sie nicht, wenn wir über Stühle und Tische sprangen, in die Bäume kletterten und uns mit Früchten bewarfen, und sie schimpfte nie, wenn etwas zerbrach oder am nächsten Tag fehlte. Es war ihr gleich, wann die Kinder abgeholt wurden, ob spät am Abend, wenn sie müde und schmutzig im kniehohen Gras lagen und ihre nassen Kleider an der Leine hingen, ob sie überhaupt abgeholt wurden. Wenn dann Eltern die Pforte langsam öffneten und sich im Garten umschauten, als dürften sie es nicht, brachte Évi Perlwein mit Erdbeeren, die sie am Abend zuvor mit Zucker bestreut hatte, und füllte ihn unter einem Sonnenschirm mit einer Kelle in Gläser, die sie über Jahre gesammelt hatte und unter denen es nicht zwei gleiche gab.

Sobald die Sonne ein letztes Licht auf die drei Linden vor dem Zaun warf, hob Évi die kleineren Kinder in einen Karren aus Holz, den sie von einem Bauern geliehen hatte und mit einem Seil an Weizen und Mais vorbei durch den Staub zog. Die größeren liefen neben Aja vorneweg, die noch immer ihre Krone aus rotem Papier trug und ihrer Mutter den Weg zu den Häusern zeigte. Wenn wir vor einem Tor hielten und ein Kind aus dem Wagen sprang, ging Évi mit ihm, als wolle sie sehen, was sich hinter diesen Türen verbarg, als wundere es sie, dass andere Häuser verschlossen waren und man einen Schlüssel brauchte, um die Türen zu öffnen, und wenn sie zurückkam und das Seil wieder in die Hände nahm, lief sie die ersten Schritte still, als habe ihr etwas die Sprache genommen. Ich blieb über Nacht bei Aja, Évi hängte Lichter in den Baum und ließ uns unter Ästen im großen Tuch schaukeln und wenig später einschlafen, während sie im Schein einer Kerze ihre Fußnägel lackierte, als gebe es keine bessere Zeit dafür. Sie ließ alles stehen, bis sie am Morgen aufstand, Butterbrote für uns strich und hinausging, sich an den Birnbaum lehnte und ihren Blick ein letztes Mal wandern ließ. Dann fing sie an, die Gläser und Teller einzusammeln, die Tischtücher mit den rosaroten Flecken, die Bälle und farbigen Bänder, die ins Gras gefallen, die Kleider und Strümpfe, die nass geworden und liegen geblieben waren. Den Klang dieses Nachmittags wolle sie noch einmal hören, sagte sie uns durchs Fenster, als hätten wir damals verstehen können, was sie meinte, mit diesem

ZSUZSA BÁNK

Gefühl der Unruhe, das sie überfiel, weil Aja größer wurde, und das sie besser aushalten konnte, wenn sie die Stimmen, die Lieder und Rufe dieses Nachmittags nachklingen ließ, um sich später, wann immer ihr danach sein würde, daran erinnern zu können.

Als Évi schon etwas Geld hatte, fuhr sie mit Aja in den großen Ferien in die Berge, und Aja feierte Geburtstag mit irgendjemandem, den ihre Mutter auf einer Sonnenterrasse, auf einem Gipfel angesprochen und dazugebeten hatte. Aja hatte von jedem dieser heißesten Tage des Jahres ein Foto, auf die Rückseite hatte Évi geschrieben Ajas zehnter, Ajas elfter Geburtstag, in ihrer großen Schrift mit den schiefen Buchstaben, von denen jeder in eine andere Richtung strebte, das Jahr, den Ort und die Namen der Fremden, von denen sie nichts wussten und die sie nie mehr treffen würden. Wenn Aja in die Berge gefahren war, tat es weh, an sie zu denken, schon weil ich glaubte, sie habe schnell andere gefunden, mit denen sie abends ein Rad schlagen und über Wiesen laufen konnte. Erst später, als wir schon erwachsen waren, sagte Aja, auch sie habe ihre Geburtstage im Garten vermisst, mit mir, den bunten Bändern und Wannen aus Blech, jedes Mal, wenn sie in den Bergen gewesen sei und Évi mit Fremden auf sie angestoßen habe. Lieber hatte sie neben mir unterm Birnbaum gelegen und ihrer Mutter, kurz bevor wir einschliefen, zugesehen, wie sie ihre Nägel lackierte.

Ich gehörte früh zu Aja und Évi, zu ihrem Haus und Garten. Ich gehörte auf den Rasen hinter den drei Linden, mit seinen Maulwurfshügeln und Butterblumen, über den wir ohne Schuhe und Strümpfe sprangen, in den schmalen Flur, durch den wir einander jagen durften, auch wenn wir an Mänteln und Taschen hängen blieben und über Kisten und Kartons stolperten, in die winzige Küche, wo die Zweige des Flieders anklopften, wenn Évi vergessen hatte, sie zurückzuschneiden, und durch deren Fenster der Regen drang, wenn Évi nicht schnell genug Tücher davorgelegt hatte. Eine Weile musste meine Mutter geglaubt haben, das mit Aja könne sich geben, wie eine kurze heftige Krankheit wäre es bald ausgestanden, bis sie begriff, es war anders mit uns. Sie brauchte nur am Zaun zu stehen, zu rufen und winken, und konnte sehen, es war anders mit uns.

Obwohl Évi sie jedes Mal bat hereinzukommen, blieb meine Mutter am Tor, wo sie über alles nur zu staunen schien, über die

SCHNEE

schief hängenden Schaukeln, die Stühle ohne Lehnen, die Hühner hinterm Maschendraht und das geflickte Dach, dem man den jüngsten Herbst und Winter ansehen konnte, am meisten aber über Évi, die sich zwischen alldem mit ihren leichten, fliegenden Schritten bewegte, mit ihrem bunten Kopftuch, mit dem sie ihr wirres Haar zurückhielt, mit ihren schmutzigen Händen und kurzen Kleidern, die sie im Sommer trug und die ihre langen Beine mit den blauen Flecken nicht verhüllten. Heute glaube ich, meine Mutter störte sich nie daran, dass ich durch einen Garten tobte, in dem das Holz aus den Bänken brach und der Rost sich in die Regenfässer fraß, aber es störte sie, dass Évi über all das hinwegsehen konnte, dass es ihr gleich war, ob das Tor schief in den Angeln hing, ob ein Fenster undicht war, weil sich ihr Blick auf etwas anderes richtete, das für meine Mutter unsichtbar bleiben musste. Vielleicht fragte sie sich auch, wovon Évi lebte, wovon sie die Dinge bezahlte, die sie abends in einen Topf warf und morgens auf Ajas Brote strich, die wenigen Dinge in ihren Schränken und auf den schmalen Regalen. Wenn mich Aja nach der Schule zu Plätzen führte, die ich noch nie gesehen hatte, wenn wir an Zäunen und Mauern stehen blieben, um die Spuren nachzuzeichnen, die das Moos zwischen die Steine gesetzt hatte, konnte es sein, dass wir Évi aus einem Haus kommen sahen, in einer hellen Schürze, die Haare unter einem Tuch versteckt, mit einem Eimer in der Hand, den sie in eine große Tonne leerte. Manchmal entdeckten wir ihre langen Beine auf einer Leiter, ihre Arme und Hände, wenn sie mit einem Tuch über Fensterscheiben wischte, und dann liefen wir zur anderen Straßenseite und gingen schnell weiter, weil wir aus irgendeinem Grund glaubten, Évi wolle dabei nicht von uns gesehen werden.

Dass Évi anders war, hatte ich schnell begriffen. Es lag nicht nur an dieser einen Strähne, die sich wand und sträubte und sich nicht fügen wollte, nicht daran, dass sie zum Schlafen Licht brauchte, in kurzen Kleidern ging und jeder die grünen Adern in ihren Kniekehlen sehen konnte. Etwas unterschied sie von den Frauen in Kirchblüt, schon weil sie einem Gespräch kaum folgen konnte, was nicht an der Sprache lag, die sie von Sommer zu Sommer besser beherrschte, sondern daran, dass sie mit ihren Gedanken immerzu woanders zu sein schien, auf den Amtsstuben mit ihren Schreib-

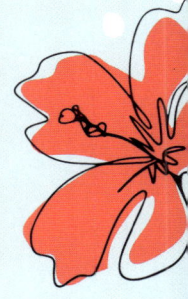

ALLES SCHIEN LEICHT, IHRE TAGE
WAREN HELL, WENN SIE IM SCHATTEN
DER BÄUME GRASHALME ZUPFTEN,
WENN SIE HAND IN HAND AN DEN GESCHÄFTEN
UND AUSLAGEN VORBEIGINGEN …

SCHNEE

tischen oder in einem Zirkus auf der anderen Seite eines Ozeans. Évi war mit Aja anders als andere Mütter mit ihren Kindern, wenn sich Évi unter den Platanen des großen Platzes fangen ließ und Aja hinter ihr herlief, in nicht mehr als einem Hemdchen, weil es ihr im Kleid heiß geworden war und Évi sich nicht darum kümmerte, was man deshalb in Kirchblüt über sie hätte denken können. Alles schien leicht, ihre Tage waren hell, wenn sie im Schatten der Bäume Grashalme zupften, wenn sie Hand in Hand an den Geschäften und Auslagen vorbeigingen und redeten, immerzu redeten, bis Évi sich auf eine Bank setzte und Aja zusah, wie sie Tauben verscheuchte. Wenn ich abends auf meinem Weg nach Hause umkehrte, weil ich meine Jacke hatte liegen lassen, konnte ich Évi und Aja auf ihren krummen Stühlen vor dem Haus sitzen sehen, dicht zusammengerückt unter dem Küchenfenster, um so auf die Dunkelheit zu warten, Ajas Kopf an Évis Schulter, ihre Füße auf Évis Schenkeln.

Évis Tür stand für jeden offen, in einer der Ecken fand sich immer ein Platz zum Schlafen, und in einer der Schubladen fanden sich Decken, die sie verteilen konnte. Wenn im Winter ihre Freunde kamen, schien Évi alles zu vergessen, was hinter der Pforte lag, auch den schmalen Weg am Bachlauf entlang und die Brücke über den Klatschmohn, die zum Städtchen führte, als versinke Kirchblut im selben Augenblick, in dem ihre Freunde am schief hängenden Tor auftauchten und es beim Öffnen durch den Staub schoben. Kirchblüt schien zu verschwinden, wenn sie über die losen Platten aus Waschbeton zum Fliegengitter gingen, die wenigen Taschen und Tüten ausbreiteten und ihre Rasiermesser in der Küche auf die Spüle legten. Dann holte Évi Stühle aus dem Garten und stellte sie an den Tisch, wo sie kaum Platz hatten, und schlug Nägel in die Wand, damit ihre Freunde ihre Jacken aufhängen konnten. Wenn auf den eisbestäubten Feldern Nebel lag, erzählten sie uns von ihrer Zeit mit Zigi, als er hoch über ihren Köpfen an einem Trapez geschaukelt war und sie die Musik dazu gespielt hatten, und Aja und Évi übersetzten für mich, wenn sie nicht weiterwussten. Sie reichten Aja und mich von Schoß zu Schoß, nannten Évi im Scherz Éva oder Kalócs Éva, nur um zu sehen, wie sich ihr Gesicht verzog, ließen Karten in ihren Hemdsärmeln verschwinden und fischten sie aus ihren Hüten. Aja sagte, sie schliefen so wenig wie Évi, sie gin-

117

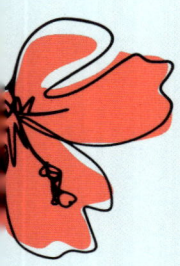

gen erst ins Bett, wenn Aja längst schon weggedämmert war, mit dem Klang ihrer Stimmen und Lieder im Ohr, standen aber vor ihr auf, rollten die Decken zusammen und warteten in der Küche, bis Aja wach wurde. Sie legten zwei Kissen auf ihren Stuhl, schoben ihn an den Tisch heran und redeten, als sei Aja eine Königin und als seien sie ihre Untertanen. Aja ging nicht länger allein zur Schule, in diesen Wochen war immer jemand neben ihr, der ihre Hand hielt, so wie Zigi es getan hatte, auch mittags, wenn wir fern der vorgezeichneten Pfade zum Wald gingen, um dort über Baumstümpfe und Gräben zu springen.

Évis Freunde kamen, wenn sie übers Land fuhren und Kirchblüt auf ihrem Weg lag, wenn sie gerade keinen anderen Platz hatten, an dem sie bleiben konnten, wenn sie nicht weit vom Neckar, hinter den ersten dichten Wäldern hierhergefunden hatten, weil sie nach wenigen Wochen Winter ihr Leben auf der Straße aufgeben mussten und an Évis schief hängendem Tor über den Zaun riefen, es ist zu kalt fürs Akkordeon. Aja sprach am Maschendraht zu den Hühnern, damit sie genügend Eier legten, und Évi überließ ihren Freunden das Bett und zog selbst auf die Liege, räumte im Schrank Fächer leer, die niemand brauchte, ließ ihre Freunde aus ihren Töpfen nehmen und von ihren Tellern essen, und wie zum Lohn hörten sie nicht auf, sich über Évis Haus zu freuen, über die Lampen, die am Abend Licht auf ihre Kartenspiele warfen, über den Ofen, der sie dabei wärmte, über die Tür, die sie schließen konnten, und über Évi, die ihnen zusah, wenn sie Kaffee aus kleinen Tassen tranken und von dem Brot aßen, das Évi in ein gestreiftes Küchentuch geschlagen und zusammen mit einem großen Messer auf den Tisch gelegt hatte. Évi hatte genügend Platz für alle, die ein wenig bleiben wollten, es wurde ihr nie zu laut oder zu eng, sie fragte auch nicht, wann ihre Freunde weiterziehen wollten, und nahm nichts von dem Geld, das sie an den Samstagen auf einem der Plätze in der nächsten Stadt erspielt und in die Schublade des Küchentischs geworfen hatten. Ich hatte angefangen, mir etwas von Évis Art auch für mein eigenes Leben zu wünschen, obwohl ich es damals so nicht hatte sagen können, und auch später noch habe ich oft an diese Winter in ihrer Küche denken müssen, als Aja und ich längst nicht mehr durch ihren Garten sprangen, sondern an einem Meer spazierten und nach Schiffen suchten, die es durchkreuzten.

SCHNEE

Wenn der Schnee auf dem Zaun, wenn die Eiszapfen vor den Fenstern geschmolzen waren, machten sich Évis Freunde auf und spielten am Gartentor ein letztes Mal:

a lányok, a lányok, a lányok angyalok, die Mädis, die Mädis, die Mädis von Chantant, bevor sie das Gefühl mitnahmen, das Aja durch die bunten hellen Tage getragen hatte, und Évi mit dem Nachhall ihrer kurzen lauten Abende zurückließen. Wenn sie hinter der Brücke über den Klatschmohn verschwunden waren, mit einer tiefen Verbeugung, einem letzten Winken, fing Évi an, vor den Rosentapeten ihre Stühle zu rücken, sie hinauszutragen und zu verteilen auf ihre alten Plätze, und wenn ich Aja allein zur Schule kommen sah, wusste ich, Évis Freunde hatten die Decken zusammengerollt und die Kissen zurückgelegt, sie hatten ihre Rasiermesser von der Spüle genommen und die Karten eingepackt. Sie hatten Aja ein letztes Mal in die Luft geworfen und aufgefangen, hatten Évi ein letztes Mal umarmt und zum Abschied eines ihrer liebsten Lieder gesungen, und jetzt war Évi dabei, die leeren Stuhle zu rücken und sie hinaus in den Garten zu tragen.

Zsuzsa Bánk

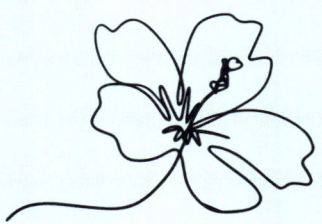

EIN GESPIELTER STURM UND EIN WIRKLICHES GEWITTER

Es versteht sich wohl von selbst, dass Momo beim Zuhören keinerlei Unterschied zwischen Erwachsenen und Kindern machte. Aber die Kinder kamen noch aus einem anderen Grund so gern in das alte Amphitheater. Seit Momo da war, konnten sie so gut spielen wie nie zuvor. Es gab einfach keine langweiligen Augenblicke mehr. Das war nicht etwa deshalb so, weil Momo so gute Vorschläge machte. Nein, Momo war nur einfach da und spielte mit. Und eben dadurch – man weiß nicht wie – kamen den Kindern selbst die besten Ideen. Täglich erfanden sie neue Spiele, eines schöner als das andere.

Einmal, an einem schwülen, drückenden Tag, saßen etwa zehn, elf Kinder auf den steinernen Stufen und warteten auf Momo, die ein wenig ausgegangen war, um in der Gegend umherzustreifen, wie sie es manchmal tat. Am Himmel hingen dicke schwarze Wolken. Wahrscheinlich würde es bald ein Gewitter geben.

»Ich geh lieber heim«, sagte ein Mädchen, das ein kleines Geschwisterchen bei sich hatte, »ich hab Angst vor Blitz und Donner.«

»Und zu Hause?«, fragte ein Junge, der eine Brille trug. »Hast du zu Hause vielleicht keine Angst davor?«

»Doch«, antwortete das Mädchen.

»Dann kannst du genauso gut hierbleiben«, meinte der Junge.

Das Mädchen zuckte die Schultern und nickte. Nach einer Weile sagte sie: »Aber Momo kommt vielleicht gar nicht.«

»Na und?«, mischte sich nun ein Junge ins Gespräch, der etwas verwahrlost aussah. »Deswegen können wir doch trotzdem irgendwas spielen – auch ohne Momo.«

»Gut, aber was?«

»Ich weiß auch nicht. Irgendwas eben.«

»Irgendwas ist nichts. Wer hat einen Vorschlag?«

»Ich weiß was«, sagte ein dicker Junge mit einer hohen Mädchenstimme, »wir könnten spielen, dass die ganze Ruine ein großes Schiff ist, und wir fahren in unbekannte Meere und erleben Abenteuer. Ich bin der Kapitän, du bist der Erste Steuermann, und du bist ein Naturforscher, ein Professor, weil es nämlich eine Forschungsreise ist, versteht ihr? Und die anderen sind Matrosen.«

»Und wir Mädchen, was sind wir?«

»Matrosinnen. Es ist ein Zukunftsschiff.«

Das war ein guter Plan! Sie versuchten zu spielen, aber sie konnten sich nicht recht einig werden, und das Spiel kam nicht in Fluss. Nach kurzer Zeit saßen alle wieder auf den steinernen Stufen und warteten.

Und dann kam Momo.

Hoch rauschte die Bugwelle auf. Das Forschungsschiff »Argo« schwankte leise in der Dünung auf und nieder, während es in ruhiger Fahrt mit voller Kraft voraus in das südliche Korallenmeer vordrang. Seit Menschengedenken hatte kein Schiff es mehr gewagt, diese gefährlichen Gewässer zu befahren, denn es wimmelte hier von Untiefen, von Korallenriffen und von unbekannten Seeungeheuern. Und vor allem gab es hier den sogenannten »Ewigen Taifun«, einen Wirbelsturm, der niemals zur Ruhe kam. Immerwährend wanderte er auf diesem Meer umher und suchte nach Beute wie ein lebendiges, ja sogar listiges Wesen. Sein Weg war unberechenbar. Und alles, was dieser Orkan einmal in seinen riesenhaften Klauen hatte, das ließ er nicht eher wieder los, als bis er es in streichholzdünne Splitter zertrümmert hatte.

Freilich, das Forschungsschiff »Argo« war in besonderer Weise für eine Begegnung mit diesem »Wandernden Wirbelsturm« ausgerüstet. Es bestand ganz und gar aus blauem Alamont-Stahl, der biegsam und unzerbrechlich war wie eine Degenklinge. Und es war durch ein besonderes Herstellungsverfahren aus einem einzigen Stück gegossen, ohne Naht- und Schweißstelle.

Dennoch hätte wohl schwerlich ein anderer Kapitän und eine andere Mannschaft den Mut gehabt, sich diesen unerhörten Gefahren auszusetzen. Kapitän Gordon jedoch hatte ihn. Stolz blickte er von der Kommandobrücke auf seine Matrosen und Matrosinnen hinunter, die alle erprobte Fachleute auf ihren jeweiligen Spezialgebieten waren.

Neben dem Kapitän stand sein Erster Steuermann, Don Melú, ein Seebär von altem Schrot und Korn, der schon hundertsiebenundzwanzig Orkane überstanden hatte.

Weiter hinten auf dem Sonnendeck sah man Professor Eisenstein, den wissenschaftlichen Leiter der Expedition, mit seinen Assistentinnen Maurin und Sara, die ihm beide mit ihrem enormen Gedächtnis ganze Bibliotheken ersetzten. Alle drei standen über ihre Präzisions-Instrumente gebeugt und beratschlagten leise miteinander in ihrer komplizierten Wissenschaftlersprache.

Ein wenig abseits von ihnen saß die schöne Eingeborene Momosan mit untergeschlagenen Beinen. Ab und zu befragte der Forscher sie wegen besonderer Einzelheiten dieses Meeres, und sie antwortete ihm in ihrem wohlklingenden Hula-Dialekt, den nur der Professor verstand.

Ziel der Expedition war es, die Ursache für den »Wandernden Taifun« zu finden und, wenn möglich, zu beseitigen, damit dieses Meer auch für andere Schiffe wieder befahrbar werden würde. Aber noch war alles ruhig, und von dem Sturm war nichts zu spüren.

Plötzlich riss ein Schrei des Mannes im Ausguck den Kapitän aus seinen Gedanken.

»Käptn«, rief er durch die hohle Hand herunter, »entweder bin ich verrückt, oder ich sehe tatsächlich eine gläserne Insel da vorn!«

Der Kapitän und Don Melú blickten sofort durch ihre Fernrohre. Auch Professor Eisenstein und seine Assistentinnen kamen interessiert herbei. Nur die schöne Eingeborene blieb gelassen sitzen. Die rätselhaften Sitten ihres Volkes verboten es ihr, Neugier zu zeigen. Die gläserne Insel war bald erreicht. Der Professor stieg über die Strickleiter an der Außenwand des Schiffes hinunter und betrat den durchsichtigen Boden. Dieser war außerordentlich glitschig, und

»DEMNACH«, MEINTE DIE ASSISTENTIN MAURIN, »MUSS ES SICH WOHL UM EIN OGGELMUMPF BISTROZINALIS HANDELN.«

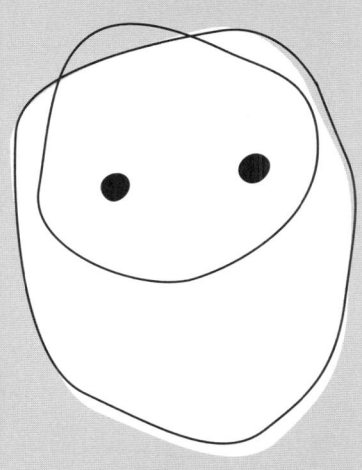

Professor Eisenstein hatte alle Mühe, sich auf den Beinen zu halten. Die ganze Insel war kreisrund und hatte schätzungsweise zwanzig Meter Durchmesser. Nach der Mitte zu stieg sie an wie ein Kuppeldach. Als der Professor die höchste Stelle erreicht hatte, konnte er deutlich einen pulsierenden Lichtschein tief im Innern dieser Insel wahrnehmen.

Er teilte seine Beobachtung den anderen mit, die gespannt wartend an der Reling standen.

»Demnach«, meinte die Assistentin Maurin, »muss es sich wohl um ein Oggelmumpf bistrozinalis handeln.«

»Möglich«, erwiderte die Assistentin Sara, »aber es kann auch ebenso gut eine Schluckula tapetozifera sein.«

Professor Eisenstein richtete sich auf, rückte seine Brille zurecht und rief hinauf: »Nach meiner Ansicht haben wir es hier mit einer Abart des gewöhnlichen Strumpfus quietschinensus zu tun. Aber das können wir erst entscheiden, wenn wir die Sache von unten erforscht haben.«

Daraufhin sprangen drei Matrosinnen, die außerdem weltberühmte Sporttaucherinnen waren und sich in der Zwischenzeit bereits Taucheranzüge angezogen hatten, ins Wasser und verschwanden in der blauen Tiefe.

Eine Weile lang erschienen nur Luftblasen an der Meeresoberfläche, aber dann tauchte plötzlich eines der Mädchen, Sandra mit Namen, auf und rief keuchend: »Es handelt sich um eine Riesenqualle! Die beiden anderen hängen in ihren Fangarmen fest und können sich nicht mehr befreien. Wir müssen ihnen zu Hilfe kommen, ehe es zu spät ist!«

Damit verschwand sie wieder.

Sofort stürzten sich hundert Froschmänner unter der Führung ihres erfahrenen Hauptmannes Franco, genannt »der Delfin«, in die Fluten. Ein ungeheurer Kampf entbrannte unter Wasser, dessen Oberfläche sich mit Schaum bedeckte. Aber es gelang selbst diesen Männern nicht, die beiden Mädchen aus der schrecklichen Umklammerung zu befreien. Zu gewaltig war die Kraft dieses riesenhaften Quallentieres!

»Irgendetwas«, sagte der Professor mit gerunzelter Stirn zu seinen Assistentinnen, »irgendetwas scheint in diesem Meer eine Art Riesenwachstum zu verursachen. Das ist hochinteressant!«

Inzwischen hatten Kapitän Gordon und sein Erster Steuermann Don Melú sich beraten und waren zu einer Entscheidung gekommen.

»Zurück«, rief Don Melú, »alle Mann wieder an Bord! Wir werden das Untier in zwei Stücke schneiden, anders können wir die beiden Mädchen nicht befreien.«

Der Delfin und seine Froschmänner kletterten an Bord zurück. Die »Argo« fuhr nun zunächst ein wenig rückwärts und dann mit voller Kraft voraus, auf die Riesenqualle zu. Der Bug des stählernen Schiffes war scharf wie ein Rasiermesser. Lautlos und beinahe ohne fühlbare Erschütterung teilte er die Riesenqualle in zwei Hälften.

Das war zwar nicht ganz ungefährlich für die beiden in den Fangarmen festgehaltenen Mädchen, aber der Erste Steuermann Don Melú hatte deren Lage haargenau berechnet und fuhr mitten zwischen ihnen hindurch. Sofort hingen die Fangarme beider Quallenhälften schlaff und kraftlos herunter, und die Gefangenen konnten sich herauswinden.

Freudig wurden sie auf dem Schiff empfangen. Professor Eisenstein trat auf die beiden Mädchen zu und sprach: »Es war meine Schuld. Ich hätte euch nicht hinunterschicken dürfen. Verzeiht mir, dass ich euch in Gefahr gebracht habe!«

»Nichts zu verzeihen, Professor«, antwortete das eine Mädchen und lachte fröhlich, »dazu sind wir schließlich mitgefahren.«

Und das andere Mädchen setzte hinzu: »Die Gefahr ist unser Beruf.« Zu einem längeren Wortwechsel blieb jedoch keine Zeit mehr. Über den Rettungsarbeiten hatten Kapitän und Besatzung gänzlich vergessen, das Meer zu beobachten. Und so wurden sie erst jetzt, in letzter Minute, gewahr, dass inzwischen der »Wandernde Wirbelsturm« am Horizont aufgetaucht war und sich mit rasender Geschwindigkeit auf die »Argo« zubewegte.

Eine erste gewaltige Sturzwelle packte das stählerne Schiff, riss es in die Höhe, warf es auf die Seite und stürzte es in ein Wellental von gut fünfzig Metern Tiefe hinab. Schon bei diesem ersten Anprall wären weniger erfahrene und tapfere Seeleute als die der »Argo« zweifellos zur einen Hälfte über Bord gespült worden und zur anderen in Ohnmacht gefallen. Kapitän Gordon jedoch stand breitbeinig auf der Kommandobrücke, als sei nichts geschehen, und seine Mannschaft hatte ebenso ungerührt standgehalten. Nur die schöne

Eingeborene Momosan, an solche wilden Seefahrten nicht gewöhnt, war in ein Rettungsboot geklettert.

In wenigen Sekunden war der ganze Himmel pechschwarz. Heulend und brüllend warf sich der Wirbelsturm auf das Schiff, schleuderte es turmhoch hinauf und abgrundtief hinunter. Und es war, als steigere sich seine Wut von Minute zu Minute, weil er der stählernen »Argo« nichts anhaben konnte.

Mit ruhiger Stimme gab der Kapitän seine Anweisungen, die dann vom Ersten Steuermann laut ausgerufen wurden. Jedermann stand an seinem Platz. Sogar Professor Eisenstein und seine Assistentinnen hatten ihre Instrumente nicht im Stich gelassen. Sie berechneten, wo der innerste Kern des Wirbelsturmes sein musste, denn dorthin sollte die Fahrt ja gehen. Kapitän Gordon bewunderte im Stillen die Kaltblütigkeit dieser Wissenschaftler, die ja nicht wie er und seine Leute mit dem Meer auf du und du standen.

Ein erster Blitzstrahl zuckte hernieder und traf das stählerne Schiff, welches daraufhin natürlich ganz und gar elektrisch geladen war. Wo man hinfasste, sprangen einem die Funken entgegen. Aber darauf war jeder an Bord der »Argo« in monatelangen harten Übungen trainiert worden. Es machte keinem mehr etwas aus.

Nur dass die dünneren Teile des Schiffes, Stahltrossen und Eisenstangen zu glühen begannen wie der Draht in einer elektrischen Birne, das erschwerte der Besatzung doch etwas die Arbeit, obgleich alle Asbest-Handschuhe anzogen. Aber zum Glück wurde diese Glut schnell wieder gelöscht, denn nun stürzte der Regen hernieder, wie ihn noch keiner der Teilnehmer – Don Melú ausgenommen – je erlebt hatte, ein Regen, der so dicht war, dass er bald die ganze Luft zum Atmen verdrängte. Die Besatzung musste Tauchermasken und Atemgeräte anlegen.

Blitz auf Blitz und Donnerschlag auf Donnerschlag! Heulender Sturm! Haushohe Wogen und weißer Schaum! Meter für Meter kämpfte sich die »Argo«, alle Maschinen auf Volldampf, gegen die Urgewalt dieses Taifuns vorwärts. Die Maschinisten und Heizer in der Tiefe der Kesselräume leisteten Übermenschliches. Sie hatten sich mit dicken Tauen festgebunden, um nicht von dem grausamen Schlingern und Stampfen des Schiffes in den offenen Feuerrachen der Dampfkessel geschleudert zu werden.

Und dann endlich war der innerste Kern des Wirbelsturms erreicht. Aber welch ein Anblick bot sich ihnen da!

Auf der Meeresoberfläche, die hier spiegelglatt war, weil alle Wellen einfach von der Gewalt des Sturmes flach gefegt wurden, tanzte ein riesenhaftes Wesen. Es stand auf einem Bein, wurde nach oben immer dicker und sah tatsächlich so aus wie ein Brummkreisel von der Größe eines Berges. Es drehte sich mit solcher Schnelligkeit um sich selbst, dass Einzelheiten nicht auszumachen waren.

»Ein Schum-Schum gummilastikum!«, rief der Professor begeistert und hielt seine Brille fest, die ihm der stürzende Regen immer wieder von der Nase spülte.

»Können Sie uns das vielleicht näher erklären?«, brummte Don Melú. »Wir sind einfache Seeleute und ...« »Lassen Sie den Professor jetzt ungestört forschen«, fiel ihm die Assistentin Sara ins Wort. »Es ist eine einmalige Gelegenheit. Dieses Kreiselwesen stammt wahrscheinlich noch aus den allerersten Zeiten der Erdentwicklung. Es muss über eine Milliarde Jahre alt sein. Heute gibt es davon nur noch eine mikroskopisch kleine Abart, die man manchmal in Tomatensoße, noch seltener in grüner Tinte findet. Ein Exemplar dieser Größe ist vermutlich das einzige seiner Art, das es noch gibt.«

»Aber wir sind hier«, rief der Kapitän durch das Heulen des Sturms, »um die Ursache des ›Ewigen Taifuns‹ zu beseitigen. Der Professor soll uns also sagen, wie man dieses Ding da zum Stillstehen bringt!«

»Das«, sagte der Professor, »weiß ich allerdings auch nicht. Die Wissenschaft hat ja noch keine Gelegenheit gehabt, es zu erforschen.«

»Gut«, meinte der Kapitän, »wir werden es erst einmal beschießen, dann werden wir ja sehen, was passiert.«

»Es ist ein Jammer!«, klagte der Professor. »Das einzige Exemplar eines Schum-Schum gummilastikum beschießen!«

Aber die Kontrafiktions-Kanone war bereits auf den Riesenkreisel eingestellt.

»Feuer!«, befahl der Kapitän.

Eine blaue Stichflamme von einem Kilometer Länge schoss aus dem Zwillingsrohr. Zu hören war natürlich nichts, denn eine Kontrafiktions-Kanone schießt ja bekanntlich mit Proteinen.

Das leuchtende Geschoss flog auf das Schum-Schum zu, wurde aber von dem riesigen Wirbel erfasst und abgelenkt, umkreiste das

»EIN SCHUM-SCHUM GUMMILASTIKUM!«, RIEF DER PROFESSOR BEGEISTERT UND HIELT SEINE BRILLE FEST, DIE IHM DER STÜRZENDE REGEN IMMER WIEDER VON DER NASE SPÜLTE.

Gebilde einige Male immer schneller und wurde schließlich in die Höhe gerissen, wo es im Schwarz der Wolken verschwand.

»Es ist zwecklos!«, rief Kapitän Gordon. »Wir müssen unbedingt näher an das Ding heran!«

»Näher kommen wir nicht mehr!«, schrie Don Melú zurück. »Die Maschinen laufen schon auf Volldampf. Aber das genügt gerade, um vom Sturm nicht zurückgeblasen zu werden.«

»Haben Sie einen Vorschlag, Professor?«, wollte der Kapitän wissen. Aber Professor Eisenstein zuckte nur die Schultern, und auch seine Assistentinnen wussten keinen Rat. Es sah so aus, als müsse man diese Expedition erfolglos abbrechen.

In diesem Augenblick zupfte jemand den Professor am Ärmel. Es war die schöne Eingeborene.

»Malumba«, sagte sie mit anmutigen Gebärden, »Malumba oisitu sono! Erweini samba insaltu lolobindra. Kramuna heu beni beni sadogau.«

»Babalu?«, fragte der Professor erstaunt. »Didi maha feinosi intu gedoinen malumba?«

Die schöne Eingeborene nickte eifrig und erwiderte: »Dodo um aufu schulamat wawada.«

»Oi-oi«, antwortete der Professor und strich sich gedankenvoll das Kinn.

»Was will sie denn?«, erkundigte sich der Erste Steuermann.

»Sie sagt«, erklärte der Professor, »es gebe in ihrem Volk ein uraltes Lied, das den ›Wandernden‹ Taifun« zum Einschlafen bringen könne, falls jemand den Mut hätte, es ihm vorzusingen.«

»Dass ich nicht lache!«, brummte Don Melú. »Ein Schlafliedchen für einen Orkan!«

»Was halten Sie davon, Professor?«, wollte die Assistentin Sara wissen. »Wäre so etwas möglich?«

»Man darf keine Vorurteile haben«, meinte Professor Eisenstein. »Oft steckt in den Überlieferungen der Eingeborenen ein wahrer Kern. Vielleicht gibt es bestimmte Tonschwingungen, die einen Einfluss auf das Schum-Schum gummilastikum haben. Wir wissen einfach noch zu wenig über dessen Lebensbedingungen.«

»Schaden kann es nichts«, entschied der Kapitän. »Darum sollten wir's einfach versuchen. Sagen Sie ihr, sie soll singen.«

Der Professor wandte sich an die schöne Eingeborene und sagte: »Malumba didi oisafal huna-huna, wawadu?«

Momosan nickte und begann sogleich einen höchst eigentümlichen Gesang, der nur aus wenigen Tönen bestand, die immerfort wiederkehrten:

»Eni meni allubeni
wanna tai susura teni!«

Dazu klatschte sie in die Hände und sprang im Takt herum.

Die einfache Melodie und die Worte waren leicht zu behalten. Andere stimmten nach und nach ein, und bald sang die ganze Mannschaft, klatschte dazu in die Hände und sprang im Takt herum. Es war ziemlich erstaunlich anzusehen, wie auch der alte Seebär Don Melú und schließlich der Professor sangen und klatschten, als seien sie Kinder auf einem Spielplatz.

Und tatsächlich, was keiner von ihnen geglaubt hatte, geschah! Der riesenhafte Kreisel drehte sich langsamer und langsamer, blieb schließlich stehen und begann zu versinken. Donnernd schlossen sich die Wassermassen über ihm. Der Sturm ebbte ganz plötzlich ab, der Regen hörte auf, der Himmel wurde klar und blau, und die Wellen des Meeres beruhigten sich. Die »Argo« lag still auf dem glitzernden Wasserspiegel, als sei hier nie etwas anderes gewesen als Ruhe und Frieden. »Leute«, sagte Kapitän Gordon und blickte jedem Einzelnen anerkennend ins Gesicht, »das hätten wir geschafft!« Er sagte nie viel, das wussten alle. Umso mehr zählte es, dass er diesmal noch hinzufügte: »Ich bin stolz auf euch!«

»Ich glaube«, sagte das Mädchen, das sein kleines Geschwisterchen mitgebracht hatte, »es hat wirklich geregnet. Ich bin jedenfalls patschnass.«

In der Tat war inzwischen das Gewitter niedergegangen. Und vor allem das Mädchen mit dem kleinen Geschwisterchen wunderte sich, dass es ganz vergessen hatte, sich vor Blitz und Donner zu fürchten, solange es auf dem stählernen Schiff gewesen war.

Sie sprachen noch eine Weile über das Abenteuer und erzählten sich gegenseitig Einzelheiten, die jeder für sich erlebt hatte. Dann trennten sie sich, um heimzugehen und sich zu trocknen.

Nur einer war mit dem Verlauf des Spiels nicht ganz zufrieden, und das war der Junge mit der Brille. Beim Abschied sagte er zu Momo: »Schade ist es doch, dass wir das Schum-Schum gummilastikum einfach versenkt haben. Das letzte Exemplar seiner Art! Ich hätte es wirklich gern noch etwas genauer erforscht.«

Aber über eines waren sich nach wie vor alle einig: So wie bei Momo konnte man sonst nirgends spielen.

Michael Ende

STOLZ UND VORURTEIL

AUSZUG

Einige Tage nach diesem Abend machte Bingley wieder einen Besuch auf Longbourn, dieses Mal allein. Darcy war am selben Morgen nach London gefahren, wollte aber in etwa zehn Tagen wieder zurück sein. Bingley blieb ungefähr eine Stunde und war auffallend gut gelaunt. Mrs. Bennet bat ihn, zum Essen dazubleiben; aber da er schon eine andere Verabredung hatte, musste er zu seinem Bedauern auf die Einladung verzichten.

»Aber wenn Sie das nächste Mal wiederkommen«, sagte Mrs. Bennet, »werden wir hoffentlich mehr Glück haben.«

Er werde sich zu jeder Zeit glücklich schätzen, versicherte er, und sie möge ihm doch erlauben, schon bald wiederkommen zu dürfen.

»Wie steht es denn mit morgen?«

Ja, er hatte sich für morgen noch nichts vorgenommen, und so nahm er denn die Einladung gern an.

Am nächsten Tag kam er also wieder, und zwar so überpünktlich, dass keine der Damen fertig umgezogen war. Mrs. Bennet stürzte mit aufgelöstem Haar und nur mit einem Morgenrock bekleidet ins Zimmer ihrer ältesten Töchter und rief in höchster Aufregung: »Jane, Jane, mach schnell! Beeile dich, du musst sofort hinunter! Er ist gekommen – Mr. Bingley ist schon da! Ja, ja, wirklich! Los, los, beeil dich doch! Sally, komm her und hilf Miss Bennet bei dem Kleid! Lizzys Haare können warten!«

»Wir kommen herunter, sobald wir fertig sind«, sagte Jane. »Aber Kitty wird sich wahrscheinlich schon umgezogen haben; sie ist mindestens schon eine halbe Stunde vor uns hinaufgegangen.«

»Ach, Unsinn! Kitty! Was hat sie damit zu tun?! Schnell, schnell, beeil dich, meine Liebe! Wo hast du deine Schärpe hingelegt?«

Ihre Mutter stürzte wieder hinaus, und Jane beeilte sich nicht mehr und nicht weniger als die anderen; allein wäre sie doch um keinen Preis hinuntergegangen.

Mrs. Bennet legte es wieder darauf an, die beiden jungen Leute im Laufe des Abends irgendwie miteinander allein zu lassen. Nachdem der Tee gereicht worden war, zog ihr Mann sich wie jeden Abend in seine Bibliothek zurück; Mary ging ebenfalls, nicht ohne vorher verkündet zu haben, dass sie noch einige schwere Passagen eines Klavierkonzerts zu memorieren wünsche. Zwei von den fünf möglichen Hindernissen waren damit also aus dem Weg geräumt, und Mrs. Bennet bemühte sich dann eine ganze Weile, Elizabeth und Kitty in einer, wie sie dachte, nicht misszuverstehenden Weise zuzublinzeln, ohne jedoch viel Erfolg damit zu haben. Elizabeth schaute absichtlich weg, und als Kitty endlich aufmerksam wurde, fragte sie mit dem unschuldigsten Gesicht der Welt: »Was hast du denn, Mutter? Warum blinzelst du mir die ganze Zeit zu? Was soll ich denn?«

»Nichts, Kind, nichts. Du träumst. Ich habe doch nicht geblinzelt!«

Einige Minuten verhielt sie sich daraufhin ruhig; aber schließlich konnte sie es doch nicht länger mit ansehen, wie eine so günstige Gelegenheit ungenutzt vorbeigehen sollte. Sie erhob sich plötzlich und flüsterte Kitty zu: »Liebe Kitty, ich möchte dir gern etwas sagen.«

ES BEDURFTE KAUM EINER WEITEREN AUF-
FORDERUNG, DAMIT ER ZUM
ABENDESSEN BLIEB; UND BEVOR ER SICH
VERABSCHIEDETE, HATTEN ER UND
MRS. BENNET FÜR DEN NÄCHSTEN TAG EINE
VERABREDUNG ZUR JAGD MIT MR.
BENNET GETROFFEN.

Damit nahm sie sie am Arm und ging mit ihr aus dem Zimmer. Jane warf Elizabeth einen Blick zu, der ihre Verzweiflung über die Taktlosigkeit ihrer Mutter sehr klar zum Ausdruck brachte und ihre Schwester beschwor, sie jetzt nur ja nicht auch zu verlassen. Nach wenigen Minuten wurde die Tür halb geöffnet, und Mrs. Bennet rief ins Zimmer: »Lizzy, meine Liebe, auch mit dir möchte ich einmal reden.«

Elizabeth sah sich leider genötigt, diesem Ruf zu folgen.

»Ich glaube, wir lassen die beiden am besten für ein Weilchen allein«, sagte Mrs. Bennet draußen zu ihr. »Kitty und ich sitzen oben in meinem Zimmer.«

Elizabeth wusste, dass es keinen Zweck haben würde, ihrer Mutter mit irgendwelchen Vernunftgründen zu kommen; sie wartete also unten, bis sie oben die Tür zum Zimmer ihrer Mutter ins Schloss fallen hörte, und kehrte dann zu ihrer Schwester und Bingley zurück.

Mrs. Bennet hatte heute kein Glück mit ihren Plänen. Bingley war zwar in jeder Beziehung so reizend, wie sie es sich nur wünschen konnte, nur benahm er sich durchaus nicht so wie der erklärte Liebhaber ihrer Tochter. Er erwies sich mit seiner heiteren, natürlichen Art als ein allen willkommenes neues Mitglied der abendlichen Tafelrunde; er ertrug die taktlosen Aufmerksamkeiten seiner Gastgeberin mit Gleichmut und hörte ihren albernen und dummen Bemerkungen mit gelassener Höflichkeit zu.

Es bedurfte kaum einer weiteren Aufforderung, damit er zum Abendessen blieb; und bevor er sich verabschiedete, hatten er und Mrs. Bennet für den nächsten Tag eine Verabredung zur Jagd mit Mr. Bennet getroffen.

Nach diesem Tag sprach Jane nicht wieder von ihrer Ruhe und Gleichgültigkeit, und über Bingley wurde zwischen den Schwestern kein Wort mehr gewechselt, aber Elizabeth legte sich an diesem Abend mit der frohen Gewissheit zu Bett, dass das glückliche Ereignis nur noch wenige Tage auf sich warten lassen werde – falls Darcy nicht früher als vorgesehen zurückkehrte. Insgeheim zweifelte sie jedoch nicht mehr daran, dass Bingleys erneutes Werben um Jane bereits die Billigung seines Freundes gefunden habe.

Bingley hielt seine Verabredung pünktlich wie immer ein, und er und Mr. Bennet verbrachten den Morgen zusammen auf der Jagd.

Zum Essen kehrten beide nach Hause zurück. Vom frühen Nachmittag an war dann Mrs. Bennet wieder angestrengt darauf bedacht, Mittel und Wege zu finden, um ihren Gast und ihre Älteste von der störenden Gesellschaft ihrer anderen Töchter zu befreien. Elizabeth hatte einen Brief zu schreiben und zog sich zu diesem Zweck in ihr Zimmer zurück; da die anderen sich gerade zum Kartenspiel hingesetzt hatten, glaubte sie, ihre Aufgabe, die Pläne ihrer Mutter zum Scheitern zu bringen, für eine halbe Stunde vernachlässigen zu dürfen.

Aber als sie ihren Brief beendet hatte und wieder ins Wohnzimmer zurückkehrte, musste sie zu ihrem unverhohlenen Erstaunen erkennen, dass ihre Mutter doch schlauer gewesen war als sie. Als sie die Tür öffnete, sah sie Jane und Bingley allein am Kamin stehen, anscheinend in ein ernsthaftes Gespräch vertieft; und wenn diese Feststellung auch noch keinen Verdacht in ihr geweckt hätte, so verrieten doch die Gesichter der beiden mehr als genug, als sie sich hastig voneinander abwandten. Die Situation war für die beiden gewiss nicht angenehm, aber für sie selbst, fand Elizabeth, war sie noch viel peinlicher. Niemand sagte ein Wort, und Elizabeth wollte sich schon unter irgendeinem Vorwand wieder entfernen, als Bingley auf Jane zuging, ihr etwas zuflüsterte und dann eilig das Zimmer verließ.

Vor Elizabeth hatte Jane natürlich keine Geheimnisse, wusste sie doch, dass diese Neuigkeit von ihr mit größter Freude aufgenommen werde; sie lief also auf ihre Schwester zu, umarmte sie und gestand ihr tiefbewegt, dass sie der glücklichste Mensch auf der Welt sei.

»Es ist zu viel«, fügte sie hinzu, »viel zu viel! Ich habe es nicht verdient. Ach, warum kann nicht jeder so glücklich sein!«

Elizabeths Glückwünsche kamen mit solcher Aufrichtigkeit und Wärme, dass jedes ihrer Worte Janes Freude nur noch vergrößerte.

»Ich muss gleich zu Mutter«, rief sie, »ich möchte ihre liebevolle Besorgtheit auf keinen Fall länger als nötig auf die Folter spannen, und ich möchte auch nicht, dass sie mein Glück durch jemand anders erfährt. Er ist schon zu Vater gegangen. Ach, Lizzy, es ist so schön zu wissen, dass die ganze Familie sich über diese Nachricht freuen wird! Wie soll ich nur so viel Glück ertragen können!«

Mit diesem Ausruf eilte sie aus dem Zimmer, um ihre Mutter zu suchen, die es geschickt verstanden hatte, die Whistpartie zu unterbrechen, und mit Kitty abwartend oben in ihrem Zimmer saß.

Allein gelassen, musste Elizabeth über die Schnelligkeit lächeln, mit der eine Angelegenheit ihr Ende fand, die sie alle so lange Zeit mehr oder weniger bedrückt und bekümmert hatte.

Bald darauf trat Bingley ein, dessen Gespräch mit Mr. Bennet erfreulich kurz und sachlich verlaufen war.

»Wo ist Jane?«, fragte er.

»Oben bei Mutter. Sie wird wohl gleich wieder herunterkommen.«

Bingley trat dann auf Elizabeth zu und bat sie, ihn von jetzt an als ihren Schwager zu betrachten. Elizabeth wünschte ihm aus vollem Herzen alles Gute, und sie bekräftigten die neue Verwandtschaft mit einem festen Händedruck. Darauf füllte er die Zeit, bis Jane wieder herunterkam, damit aus, dass er ihr alle Vorzüge ihrer Schwester aufzählte und ihr so bewies, dass er sich mit Recht den glücklichsten Menschen auf der Welt nennen durfte. Und Elizabeth wusste, dass seine Hoffnungen sich nicht als trügerisch herausstellen würden, weil sie auf dem festen Fundament von Janes sanfter Gemütsart, ihrer Vernunft und ihrem Anpassungsvermögen begründet waren, und weil sie sich in vielen Dingen so sehr ähnelten.

Es wurde für alle ein außerordentlich heiterer Abend. Janes Augen spiegelten ihr Glück wider, das ihrem ganzen Wesen einen neuen Reiz verlieh. Kitty kicherte und lächelte und hoffte, dass sie nun als nächste an der Reihe sein werde. Mrs. Bennets Wortschatz war zwar keineswegs groß genug, um ihrer Zufriedenheit und ihrem Mutterstolz nur annähernd Ausdruck zu verleihen, doch sprach sie eine halbe Stunde lang zu Bingley von nichts anderem. Auch Mr. Bennets Gesicht verriet deutlich, wie froh er war.

Aber mit keinem Wort erwähnte er das Thema, das alle bewegte. Erst als sein zukünftiger Schwiegersohn sich verabschiedet hatte, wandte er sich an seine älteste Tochter und sagte: »Jane, ich beglückwünsche dich von ganzem Herzen. Du wirst eine sehr glückliche Frau werden.«

Jane lief auf ihn zu, umarmte ihn und dankte ihm für seine Liebe.

»Du bist wirklich ein gutes Mädchen«, meinte er, »und es freut mich aufrichtig, dass du es so glücklich getroffen hast. Ich zweifle nicht daran, dass ihr hervorragend miteinander auskommen werdet. Ihr seid euch beide so ähnlich: Beide seid ihr so nachgiebig, dass ihr euch nie streiten werdet; ihr seid so gutgläubig, dass jedes Dienstmädchen euch betrügen wird, und so großzügig, dass ihr niemals mit eurem Geld auskommen werdet.«

»Das hoffe ich nun doch nicht. Unvernunft und Unachtsamkeit in Geldangelegenheiten will ich mir wenigstens nicht vorwerfen lassen«, erwiderte Jane.

»Nicht auskommen? Ich höre wohl nicht recht!«, rief ihre Mutter aus. »Mein lieber Bennet, wo denkst du hin? Vier- bis fünftausend Pfund im Jahr hat er doch bestimmt, höchstwahrscheinlich noch mehr! – Ach, meine liebe, liebe Jane, ich bin ja so glücklich! Ich weiß schon jetzt, dass ich heute Nacht kein Auge zumachen werde. Ich ahnte ja, dass alles so kommen werde. Ich habe immer gesagt, über kurz oder lang muss es ja passieren. Ich wusste ja, dass ich nicht umsonst eine so schöne Tochter habe. Ich erinnere mich noch ganz genau daran, dass ich damals, als er zuerst nach Hertfordshire kam, gleich dachte, ihr beide seiet wirklich wie geschaffen füreinander. Weiß Gott, er ist der bestaussehende Mann, den ich je gekannt habe.«

Wickham und Lydia waren mit einem Schlag völlig vergessen. Jane war jetzt die über jeden Vergleich erhabene Lieblingstochter! Die anderen bedeuteten Mrs. Bennet in diesem Augenblick nichts.

Auch in den Augen ihrer jüngeren Schwestern spielte Jane auf einmal eine viel größere Rolle als bisher. Beide begannen – im Hinblick auf die vielen guten Dinge, die sie ihnen später werde bieten können –, sich schon jetzt bei ihr einzuschmeicheln: Mary erbat sich freien Zutritt zu der Netherfieldschen Bibliothek, und Kitty beschwor sie, doch ja recht viele Bälle bei sich zu veranstalten.

Natürlich war Bingley von nun an fast täglicher Gast auf Longbourn; er kam häufig schon vor dem Frühstück herüber und blieb meist bis nach dem Abendessen – falls er nicht ausnahmsweise von irgendeinem besonders rücksichtslosen Nachbarn eine Einladung erhalten hatte, die anzunehmen er sich verpflichtet fühlte.

Elizabeth fand jetzt wenig Gelegenheit, sich mit ihrer Schwester zu unterhalten; denn solange Bingley anwesend war, hatte Jane weder Zeit noch Augen für irgendeinen anderen Menschen. Mussten die beiden Liebenden sich aber trennen, dann kamen sie zu Elizabeth. Wann immer Jane einmal anderweitig beschäftigt war, suchte Bingley Elizabeths Gesellschaft auf, um mit ihr von Jane zu sprechen. Und

IHR SEID EUCH BEIDE SO ÄHNLICH: BEIDE SEID IHR SO NACHGIEBIG, DASS IHR EUCH NIE STREITEN WERDET; IHR SEID SO GUTGLÄUBIG, DASS JEDES DIENSTMÄDCHEN EUCH BETRÜGEN WIRD, UND SO GROBZÜGIG, DASS IHR NIEMALS MIT EUREM GELD AUSKOMMEN WERDET.

hatte er das Haus verlassen, fand Jane in der Schwester eine ebenso aufmerksame Zuhörerin, wenn sie von ihrem Bingley schwärmte.

»Es hat mich so besonders froh gemacht«, sagte Jane eines Abends, »dass er mir erzählte, er habe damals nichts von meinem Aufenthalt in London geahnt.«

»Das dachte ich mir schon«, erwiderte Elizabeth. »Was für eine Erklärung hatte er denn dafür?«

»Seine Schwestern müssen es ihm wohl absichtlich verschwiegen haben. Sie sind offenbar nie begeistert davongewesen, dass er sich so für mich interessierte. Das wundert mich übrigens durchaus nicht, denn er hätte ja eine in jeder Hinsicht vorteilhaftere Wahl treffen können. Aber wenn sie erst sehen, wie glücklich ihr Bruder mit mir sein wird, dann werden sie sich schon zufriedengeben, und wir werden uns wieder so gut verstehen wie in der ersten Zeit unserer Bekanntschaft; das heißt, ganz so kann es natürlich doch nie wieder werden.«

»Das sind die unversöhnlichsten Worte«, sagte Elizabeth, »die ich je aus deinem Mund gehört habe. Gut so! Es hätte mich unbeschreiblich geärgert, wenn du den Intrigen seiner Schwestern noch einmal zum Opfer gefallen wärst.«

»Ist es zu glauben, Lizzy? Als er Netherfield letzten Herbst verließ, da liebte er mich schon. Er kam nur deshalb nicht wieder, weil er überzeugt war, dass er mir gleichgültig sei!«

»Darin hat er sich allerdings gewaltig getäuscht; aber andererseits spricht es für seine Bescheidenheit.«

Das war für Jane natürlich das Stichwort, um nun eine Lobeshymne auf die zahlreichen guten Eigenschaften ihres Verlobten anzustimmen.

Elizabeth lächelte. Sie freute sich, dass Bingley nichts von dem Dazwischentreten seines Freundes verraten hatte. So versöhnlich und wenig nachtragend Jane auch sein mochte, dachte sie, diese Verhalten Darcys hätte Jane sicherlich doch gegen ihn eingenommen.

»Ich bin bestimmt das beneidenswerteste Geschöpf, das je gelebt hat«, rief Jane aus. »Ach, Lizzy, womit habe gerade ich von uns allen es verdient, so bevorzugt zu werden? Wenn ich doch auch dich so glücklich sehen könnte! Wenn es doch auch für dich noch einen solchen Mann gäbe wie ihn!«

»Und wenn es selbst noch vierzig solcher Männer gäbe, so glücklich wie du könnte ich doch nicht sein. Dazu müsste ich auch deine Nachsicht, deine Güte und deine Bescheidenheit besitzen. Nein, nein, lass du mich ruhig mein Glück auf meine Art suchen; wer weiß, vielleicht begegnet mir noch einmal ein zweiter Collins!«

Das freudige Ereignis auf Longbourn konnte nicht lange ein Geheimnis bleiben. Mrs. Bennet hatte zwar nur die Erlaubnis, es ihrer Schwester Philips zu erzählen, doch diese wartete gar nicht erst eine Genehmigung ab und versorgte schleunigst ihre sämtlichen Nachbarinnen damit. Die Gesellschaft von Meryton und Umgebung erklärte daraufhin unverzüglich die Familie auf Longbourn zur glücklichsten der ganzen Welt, was umso bemerkenswerter war, als dieselbe öffentliche Meinung noch vor wenigen Wochen, kurz nachdem die Nachricht von Lydias Seitensprung durchgesickert war, die Bennets als eine vom Schicksal geschlagene und vom Unglück verfolgte Familie gebrandmarkt hatte.

Jane Austen

Stunden für die Seele

WONNEMONAT MAI – Monat der schwärmenden, singenden, balzenden Vögel – Monat der Hummeln – Monat des blühenden Flieders (und auch mein Geburtsmonat). Ich schreibe dies im Freien, kurz nach Sonnenaufgang, unten am Fluss. Das Spiel des Lichts, die Düfte, die Melodien – Hüttensänger, Grasmücken, Wanderdrosseln, wohin man auch schaut – das lärmende, klingende Konzert der Natur. Als Untermalung dient das Hämmern eines benachbarten Spechts an seinem Baum und der entfernte Weckruf eines Hahns. Und die feuchte Erde duftet – die Farben, die zarten Grau- und lichten Blautöne am Horizont. Das leuchtende Grün des Grases hat durch die Milde und Feuchtigkeit der letzten zwei Tage eine zusätzliche Tiefe erhalten. Wie ruhig die Sonne zu ihrer Tagesreise in den weiten, klaren Himmel aufsteigt! Wie ihre warmen Strahlen alles überfluten und wie mit Küssen, fast heiß über mein Gesicht strömen. Es ist eine Weile her seit dem Gequake der Teichfrösche und dem ersten Weiß der Hartriegelblüten. Jetzt sprenkelt goldener Löwenzahn in endloser Verschwendung überall den Boden. Die weißen Kirsch- und

Birnenblüten – die wilden Veilchen schauen aus ihren blauen Augen auf und salutieren meinen Füßen, als ich am Waldrand entlangschlendere. Der rosige Schein knospender Apfelbäume, das leuchtend klare Smaragdgrün der Weizenfelder, das dunklere Grün des Roggens – eine warme Geschmeidigkeit durchdringt die Luft, die Wacholderbüsche sind reich geschmückt mit ihren braunen Äpfelchen – der Sommer erwacht ganz und gar. Die Amseln, in geschwätzigen Schwärmen, sammeln sich auf einem Baum und erfüllen die Stunde und den Ort mit Lärm, während ich in ihrer Nähe sitze. Später. (...) Ich sitze schreibend unter einem großen Wildkirschbaum – der warme Tag wird angenehm temperiert von einzelnen Wolken und einer frischen Brise, nicht zu stark und nicht zu schwach, und hier sitze ich lange und lange, umhüllt vom tiefen musikalischen Gebrumm dieser Hummeln, die über mir zu Hunderten herumschwirren, sich wiegen, hin und her schießen – dicke Burschen mit hellgelben Röcken, großen leuchtenden, schwellenden Leibern, gedrungenen Köpfen und hauchdünnen Flügeln, unablässig lassen sie ihr reiches, weiches Summen ertönen.

(...) Wie mich das alles kräftigt und wunderbar besänftigt – die frische Luft, die Roggenfelder, die Obstgärten. Die letzten beiden Tage waren makellos, was Sonne, Wind, Temperatur und überhaupt alles angeht, und ich habe sie zutiefst genossen.

Walt Whitman

KANNITVERSTAN

DER MENSCH HAT WOHL täglich Gelegenheit, in Emmendingen und Gundelfingen so gut als in Amsterdam Betrachtungen über den Unbestand aller irdischen Dinge anzustellen, wenn er will, und zufrieden zu werden mit seinem Schicksal, wenn auch nicht viel gebratene Tauben für ihn in der Luft herumfliegen. Aber auf dem seltsamsten Umweg kam ein deutscher Handwerksbursche in Amsterdam durch den Irrtum zur Wahrheit und zu ihrer Erkenntnis. Denn als er in diese große und reiche Handelsstadt voll prächtiger Häuser, wogender Schiffe und geschäftiger Menschen gekommen war, fiel ihm sogleich ein großes und schönes Haus in die Augen, wie er auf seiner ganzen Wanderschaft von Tuttlingen bis nach Amsterdam noch keines erlebt hatte. Lange betrachtete er mit Verwunderung dies kostbare Gebäude, die sechs Kamine auf dem Dach, die schönen Gesimse und die hohen Fenster, größer als an des Vaters Haus daheim die Tür. Endlich konnte er sich nicht entbrechen, einen Vorübergehenden anzureden. »Guter Freund«, redete er ihn an, »könnt Ihr mir nicht sagen, wie der Herr heißt, dem dieses wunderschöne Haus gehört mit den Fenstern voll Tulipanen, Sternenblumen und Levkojen?« – Der Mann aber, der vermutlich etwas Wichtigeres zu tun hatte und zum Unglück geradeso viel von der deutschen Sprache verstand als der Fragende von der holländischen, nämlich nichts, sagte kurz und schnauzig: »Kannitverstan«, und schnurrte vorüber. Dies war nur ein holländisches Wort oder drei, wenn man's recht betrachtet, und heißt auf Deutsch so viel als: Ich kann Euch nicht verstehn. Aber der gute Fremdling glaubte, es sei der Name des Mannes, nach dem er gefragt hatte. Das muss ein grundreicher Mann sein, der Herr Kannitverstan, dachte er und ging weiter.

Gass aus, Gass ein kam er endlich an den Meerbusen, der da heißt: Het Ei, oder auf Deutsch: das Ypsilon. Da stand nun Schiff an Schiff und Mastbaum an Mastbaum, und er wusste anfänglich nicht, wie er es mit seinen zwei einzigen Augen durchfechten werde, alle diese Merkwürdigkeiten genug zu sehen und zu betrachten, bis endlich ein großes Schiff seine Aufmerksamkeit an sich zog, das vor Kurzem aus Ostindien angelangt war und jetzt eben ausgeladen wurde. Schon standen ganze Reihen von Kisten und Ballen auf- und nebeneinander am Lande. Noch immer wurden mehrere herausgewälzt und Fässer voll Zucker und Kaffee, voll Reis und Pfeffer und salveni Mausdreck darunter. Als er aber lange zugesehen hatte, fragte er endlich einen, der eben eine Kiste auf der Achsel heraustrug, wie der glückliche Mann heiße, dem das Meer alle diese Waren an das Land bringe. »Kannitverstan«, war die Antwort. Da dacht er: Haha, schaut's da heraus? Kein Wunder, wem das Meer solche Reichtümer an das Land schwemmt, der hat gut solche Häuser in die Welt stellen und solcherlei Tulipanen vor die Fenster in vergoldeten Scherben.

Jetzt ging er wieder zurück und stellte eine recht traurige Betrachtung bei sich selbst an, was er für ein armer Teufel sei unter so viel reichen Leuten in der Welt. Aber als er eben dachte: Wenn ich's doch nur auch einmal so gut bekäme, wie dieser Herr Kannitverstan es hat, kam er um eine Ecke und erblickte einen großen Leichenzug. Vier schwarz vermummte Pferde zogen einen ebenfalls schwarz überzogenen Leichenwagen langsam und traurig, als ob sie wüssten, dass sie einen Toten in seine Ruhe führten. Ein langer Zug von Freunden und Bekannten des Verstorbenen folgte nach, Paar und Paar, verhüllt in schwarze Mäntel und stumm. In der Ferne läutete ein einsames Glöcklein. Jetzt ergriff unsern Fremdling ein wehmütiges Gefühl, das an keinem guten Menschen vorübergeht, wenn er eine Leiche sieht, und blieb mit dem Hut in den Händen andächtig stehen, bis alles vorüber war. Doch machte er sich an den Letzten vom Zug, der eben in der Stille ausrechnete, was er an seiner Baumwolle gewinnen könnte, wenn der Zentner um 10 Gulden aufschlüge, ergriff ihn sachte am Mantel und bat ihn treuherzig um Exküse. »Das muss wohl auch ein guter Freund von Euch gewesen sein«, sagte er, »dem das Glöcklein läutet, dass Ihr so betrübt und nachdenklich mitgeht.« »Kannitverstan!« war die Antwort. Da fielen unserm guten Tuttlinger ein paar große Tränen aus den Augen, und es ward ihm auf einmal schwer und wieder leicht ums Herz.

»ARMER KANNITVERSTAN«, RIEF ER AUS, »WAS HAST DU NUN VON ALLEM DEINEM REICHTUM?«

»Was ich einst von meiner Armut auch bekomme: ein Totenkleid und ein Leintuch und von allen deinen schönen Blumen vielleicht einen Rosmarin auf die kalte Brust oder eine Raute.« Mit diesem Gedanken begleitete er die Leiche, als wenn er dazugehörte, bis ans Grab, sah den vermeinten Herrn Kannitverstan hinabsenken in seine Ruhestätte und ward von der holländischen Leichenpredigt, von der er kein Wort verstand, mehr gerührt als von mancher deutschen, auf die er nicht achtgab.

Endlich ging er leichten Herzens mit den andern wieder fort, verzehrte in einer Herberge, wo man Deutsch verstand, mit gutem Appetit ein Stück Limburger Käse, und wenn es ihm wieder einmal schwer fallen wollte, dass so viele Leute in der Welt so reich seien und er so arm, so dachte er nur an den Herrn Kannitverstan in Amsterdam, an sein großes Haus, an sein reiches Schiff und an sein enges Grab.

Johann Peter Hebel

Lunch mit Ruth Sykes

GESTERN NACHT HAT SIE WIEDER GEWEINT, das hat es mir heute Morgen leichter gemacht.

Ich sagte: »Heute gehe ich mit Ruth Sykes mittagessen, Liebes.«

»Mmmm«, machte sie, schwarzen Kaffee in einer Hand, Toast in der anderen, und schaute auf die Morgenzeitung hinunter, die sie auf dem Küchentisch ausgebreitet hatte – sie setzt sich zum Frühstück nie hin.

»Du kommst zurecht, Liebes?«

»Mmmm.«

»Wegen Mittagessen meine ich. Nach der Sprechstunde. Ich stell dir was in den Ofen. Musst du nur rausnehmen.«

»Was?«

»Dein Mittagessen. Nach der Sprechstunde. Und den Hausbesuchen. Steht im Ofen.«

Sie sah mich durch ihre große Brille an – was für eine große, schöne Tochter. Wie kann so eine große Frau aus mir herausgekommen sein? Ich bin doch so klein. Jack war auch klein. Und niemand von uns war irgendetwas Besonderes. Schon gar nicht etwas so Schlaues wie Arzt, in keiner unserer Familien. Komisch – ich sehe sie an, meine Tochter, meine Rosalind, und kann nicht fassen, dass sie das Baby ist, das ich damals bekommen habe: das dicke, kleine, runde, warme, strahlende Ding, das seine Fäustchen aus dem Kinderwagen ins Licht streckte und die sich sanft bewegenden Blätter der Birke betrachtete wie ein träges Kätzchen. Und jetzt ist sie so mutig und tapfer und stark – schnelles Auto, Arzttasche auf der Rückbank, Stethoskop, weißer Kittel. So schnell am Telefon. Ach, es ist immer so schön, sie telefonieren zu hören! »Ja? Wann war das? Gut – tun Sie nichts, bis ich bei Ihnen bin.« Wie viele Leben sie wohl rettet! Sie ist eine wundervolle Ärztin.

Aber dieses Weinen ist schrecklich. Letzte Nacht war es wirklich schlimm.

»Warum bist du nicht da, Mutter?« (Wirft einen Blick auf den Telegraph. Geht näher ran.)

Sie lässt sich nie gehen, nicht mal, wenn sie glücklich ist. Ich glaube, das letzte Mal, dass ich sie so richtig überwältigt erlebt habe, war, als die Zusage aus Oxford kam. Damals hat sie nur das Telegramm geöffnet, »Ach du lieber Himmel« gesagt und sich einen kompletten Becher Kaffee über die Schuluniform gekippt – und auf den sauberen Boden.

»Ich gehe mit Ruth Sykes mittagessen.«

Sie trank ihren Kaffee aus. »Tschüss«, sagte sie. »Viel Spaß. Dann sehen wir uns zum Abendessen – ach nein, das habe ich ganz vergessen. Da bin ich noch im Krankenhaus.«

»Wie lange denn, Liebes?«

»Gott, keine Ahnung. Zehn? Elf?«

»Ist gut.«

Ohne sie fehlt der Straße, dem Vorgarten und dem ganzen Haus etwas. Der Morgen hat keine Kraft mehr.

Ich ging wieder in die Küche und räumte das Frühstück weg.

Fahre ich wirklich? Traue ich mich?

Ich wusch ab und stand dann lange da und betrachtete den Geschirrschrank, bevor ich die Sachen wegräumte. Ich ging nach oben und zog mein dunkelblaues Wollkostüm und die guten Schuhe und Strümpfe an und betrachtete mein Gesicht im Spiegel.

Es ist ein ziemlich dummes Gesicht. Wie ein nicht sehr intelligenter Vogel. Angeblich haben Vögel ja intelligente Gesichter, aber ich weiß nicht. Meins ist ein Vogelgesicht, aber nicht das eines be-

EGAL, ICH SEHE BESSER AUS
ALS RUTH SYKES.
WENN ICH MIT RUTH SYKES
ZUSAMMEN BIN, BIN ICH AUCH KEIN AFFE.
ICH BIN TOTAL ENTSPANNT.

LUNCH MIT RUTH SYKES

sonders schlauen Vogels. Eher drittklassig. Ein verschüchtertes, unsicheres Gesicht. Bereit, sich zum Affen machen zu lassen. Zum Affen aus einem Vogel. Rosalind sorgt immer dafür, dass ich mir wie ein Affe vorkomme. Als sie ein Baby war, war das noch nicht so. Damals hat sie noch nach Teilen von mir gegriffen – meinem Ohr oder meinem Kinn, und sich daran festgehalten und gelacht und gelacht. Eigentlich schade …

Egal, ich sehe besser aus als Ruth Sykes. Wenn ich mit Ruth Sykes zusammen bin, bin ich auch kein Affe. Ich bin total entspannt. Wir sind zusammen zur Schule gegangen, und sie war nicht im Entferntesten so schlau wie ich, wobei ich überhaupt nichts Besonderes war. Ich wünschte, ich würde mit Ruth Sykes mittagessen gehen.

Würde ich aber nicht. Das habe ich vor zwei Wochen beschlossen, und ich verliere jetzt nicht die Nerven. Auf keinen Fall.

Nicht bei all dem Geheule.

Ich fuhr nach London, zu Michael.

Es ging nicht gleich los mit dem Weinen, als Michael seine Besuche einstellte. Am Anfang war sie ganz gefasst und ruhig und normal, sogar ziemlich nett zu mir. Einmal hat sie mich sogar gefragt, ob ich mit ihr ins Theater gehe, und ich habe uns Karten für den Rosenkavalier besorgt – nur hier bei uns vor Ort. Das ist überhaupt nicht meine Lieblingsoper, und ich nehme an, sie fand es fürchterlich, aber wir saßen zwei Stunden lang ganz friedlich nebeneinander.

»Hat Michael heute Abend zu tun?« Da hatte ich es noch nicht gemerkt.

»Das nehme ich an«, sagte sie.

Sie hat sich allerdings nicht zu Hause verkrochen, überhaupt nicht. Und sie erwähnte ihn nie. Sie war mehrere Wochen lang wirklich nett zu mir – manchmal hat sie sich zu mir gesetzt und ein bisschen mit mir ferngesehen, und einmal hat sie mir sogar ein Kompliment für mein Kleid gemacht. Einmal hat sie mich angesehen, als wollte sie etwas sagen, und ich habe einfach gewartet, ich hatte so eine Angst, das Falsche zu tun. Ich rede nämlich immer zu viel. Ich mache mich schnell lächerlich mit meiner Art zu sprechen, wenn ich erst mal loslege.

Aber sie sagte nichts, und alles, was ich ein oder zwei Tage später sagte, war, dass Michael in letzter Zeit gar nicht mehr angerufen

habe und ob sie im Sommer wieder zusammen in Urlaub fahren würden. Sie stand einfach auf und knallte die Tür hinter sich zu.

In der Nacht hörte ich sie weinen – schreckliche, lange Schluchzer. Ich wachte davon auf und wusste erst gar nicht, was das war – wie gruselige Sägegeräusche im Sekundentakt. Ich ging auf den Flur hinaus, und es schien von oben zu kommen, wo sie schläft, und ich bin hinaufgerannt und stand vor ihrer Tür.

Schreckliche Schluchzer.

Na ja, ich habe mich natürlich nicht getraut hineinzugehen.

Ich ging wieder hinunter und bei offener Tür zurück ins Bett und lauschte – zitternd, mit weit offenen Augen. Und versuchte, mir ihr Gesicht vorzustellen, sonst so weich und selbstbewusst, jetzt im Dunkeln verzerrt, der Mund verzogen, aus dem diese grässlichen Geräusche kamen.

Aber beim Frühstück war sie wie immer – Kaffeetasse in einer Hand, Toast in der anderen, schielte sie auf die Zeitung hinunter. Vielleicht hatten sich über ihrer Nase zwei Falten gebildet, die ineinanderliefen, das war alles.

»Setz dich doch, Liebes. Du verdirbst dir ja die Augen.«

Sie antwortete nicht. Ich stand in einer plötzlichen Anwandlung auf, ging um den Tisch, legte ihr den Arm um die Taille – sie ist so viel größer als ich – und sagte: »Schatz, kannst du dich nicht für einen Moment hinsetzen?«

Sie sagte: »Du meine Güte, Mutter«, und entzog sich mir.

Ich sagte: »Du verdirbst dir die Augen.«

»Gibt es irgendeinen Tag im Jahr«, fragte sie, »an dem du das nicht sagst?«

»Meinst du«, sagte sie, »du könntest wenigstens ein einziges Mal irgendetwas Selbstgedachtes von dir geben?«

Eine Zeit lang hörte ich sie nicht mehr weinen, aber vor drei Wochen fing es wieder an. In der ersten Woche hat sie jede Nacht geweint. Ich bin jedes Mal aufgestanden. Erst bin ich in meinem Zimmer herumgelaufen und habe mit Dingen gepoltert. Dann bin ich in den Flur gegangen und habe das Licht an- und ausgemacht. Einmal habe ich die Toilettenspülung betätigt. Aber das Weinen ging weiter. Am Ende – wie letzte Nacht – bin ich dazu übergegangen, mich vor ihrem Zimmer auf die Treppe zu setzen. Das hat natürlich nicht geholfen, aber es war alles, was ich tun konnte, also tat ich es. Ich habe mich in mein Federbett eingewickelt und saß einfach da und betete, dass sie aufhören würde. Manchmal redete ich mir ein, sie würde herauskommen und »Oh, Mutter!« sagen, und dann würde ich sie in den Arm nehmen und drücken und sagen: »Ach, Rosalind, was ist denn passiert? Sag mir doch, was los ist. Was ist mit ihm?«

Aber sie kam nie heraus.

Am Ende hörte das Weinen immer auf – längere Pausen zwischen den Schluchzern, und wenn die bescheuerten Vögel langsam wach wurden, wurde sie endlich still. Lustig. Als sie ein Baby war, war das die Zeit, zu der sie aufwachte. Mit anderthalb Jahren hat sie mich wirklich genervt, da musste ich hart bleiben. Ich bin zu ihr reingegangen, und dann stand sie in ihrem Bettchen, die Windeln um die Knöchel, das Nachthemd ganz verknittert, das Gesicht rosig.

»So, Rosalind. Leg dich wieder hin. Es ist zu früh, Liebes. Es ist erst fünf. Der Tag hat noch gar nicht angefangen.«

»Aber die Vögel! Zwitschern schon!«, sagte sie. Oh, sie war so süß! »Die Vögel zwitschern schon.« Da war sie noch nicht mal zwei! Und noch in Windeln! Die Geschichte erzähle ich heute noch, muss ich gestehen. Das sollte ich nicht tun, denn sie hasst es. Sie funkelt mich dann an und stampft hinaus, oder, noch schlimmer, sie tötet mich mit einem eiskalten Blick. »Wie oft Ruth Sykes die Geschichte wohl schon gehört hat«, sagt sie.

Ich weiß, ich bin eine Idiotin.

Jedenfalls hat unser Arzt mich vor zwei Wochen für eine Idiotin gehalten, als ich bei ihm war und gesagt habe, ich habs am Herzen und möchte zum Kardiologen. »So, so, Mrs Thessaly«, sagte er. »Soll ich das entscheiden? Was sagt denn Ihre Tochter?«

»Ich habe es ihr nicht erzählt«, sagte ich. »Ich möchte nicht, dass sie das weiß. Aber ich bin mir sicher, und ich möchte zu einem Spezialisten. Ich möchte zu Dr. Michael Kerr.«

»Das ist nicht der Arzt, zu dem ich normalerweise überweise. Und überhaupt untersuche ich Sie jetzt erst mal, ob es überhaupt notwendig ist.«

Er untersuchte mich und sagte, er freue sich, mir mitteilen zu können, dass ich keinen Kardiologen brauche. »Vollkommen normales Herz, soweit ich das sehen kann. Sehr gut für Ihr Alter.

Wie alt sind Sie? Fünfzig? Zweiundfünfzig? Keinerlei Anzeichen für Probleme.«

Aber ich ließ nicht locker. Ich lasse gern mal nicht locker, wenn ich nicht gerade mit Rosalind zusammen bin. Dann spreche ich kaum.

»Wissen Sie – ich kann Sie nicht gut in die Harley Street schicken, wenn Ihnen überhaupt nichts fehlt«, sagte er.

»Meine Tochter sagt, drei Viertel der Leute, die zu ihr kommen, haben rein gar nichts. Es ist nur in ihren Köpfen. Und das hier ist mein Kopf«, sagte ich. »Und ich kriege es da nicht raus.«

»Schlafen Sie nicht gut?«, fragte er.

»Nein.« (Das stimmte zumindest.)

»Essen?«

»Nicht viel.«

»Belastet Sie etwas?«, fragte er, legte die Fingerspitzen aneinander und sah mich über sie hinweg an wie in einer Krankenkassenwerbung. Was um alles in der Welt würde es nützen, es ihm zu erzählen?

»Mein Herz«, sagte ich schließlich. »Ich weiß, dass das idiotisch ist.« Ich habe große blaue Augen. Tatsächlich ist es so, wenn ich den Leuten mit weit offenen Augen ins Gesicht sehe und dabei ganz ehrlich an das denke, was ich gerade gesagt habe, dann lächeln sie oft, als hätte ich ihnen etwas Gutes getan. So wie der Arzt jetzt.

»Nun gut«, sagte er und löste die Fingerspitzen voneinander. »Ich überweise Sie an Doctor Michael Kerr und mache einen Termin für Sie aus.«

Die Überweisung hatte ich jetzt in der Handtasche, und diese Handtasche hielt ich in der U-Bahn, mit der ich bis Oxford Circus fuhr, sorgsam fest. Ich trug einen Hut und gute Handschuhe und Perlenohrstecker, allerdings nur von Woolworth. Auf dem Weg zu Michaels Praxisklinik war ich die Ruhe selbst, und ein oder zwei Leute – einer davon ein großer schwarzer Mann mit einem bezaubernden Lächeln – bemerkten mich, und ich lächelte sie ebenfalls an, vor allem den Schwarzen, der sehr freundlich aussah.

Aber in der Praxis fühlte ich mich nicht mehr so gut. An der Rezeption war eine schreckliche Frau. »Zu Dr. Kerr?«, sagte sie und sah mich an, als hätte jemand so Unbedeutendes wie ich kein Recht, Michael zu sehen. »Sind Sie privat?«

»Nein. Also, nicht wirklich«, sagte ich. »Aber heute.«

»Tut mir leid, das verstehe ich nicht.«

»Ich bin gesetzlich versichert, aber ich fand es nicht richtig, Dr. Kerr auf Kassenkosten zu besuchen, denn mein Arzt meint, ich habe nichts. Deshalb bestehe ich darauf, selbst zu zahlen.«

Ihre sauber nachgezogenen Augenbrauen schossen in die Höhe. »Verstehe«, sagte sie (noch eine Verrückte). »Setzen Sie sich doch bitte noch kurz hier vorne hin.«

Sie nahm meinen Brief entgegen, öffnete ihn, strich ihn glatt, hängte ihn an eine Pinnwand und las ihn. Durfte sie das? Musste ich Rosalind mal fragen.

Aber das hier war etwas, was ich Rosalind nicht fragen konnte. Das hier war privat. Rosalind würde es nie erfahren. Ich war heute eindeutig privat.

Die Sprechstundenhilfe sah mich jetzt genauer an, und ihr Blick bekam so ein Funkeln, und ich versuchte, nicht hinzusehen. Ich betrachtete die beiden Türen mit den Aufschriften MALES und FEMALES. Sie waren frisch gestrichen, man erkannte noch, wo LADIES und GENTLEMEN gestanden hatte. MALES und FEMALES sah irgendwie schrecklich aus. Wie im Zoo.

Ich hatte schon immer Angst vor Arztpraxen und Krankenhäusern, aber das weiß Rosalind natürlich nicht. Ich starrte die Aushänge an den Wänden an und dachte: »Deswegen also«, wobei ich selbst keine Ahnung hatte, was ich damit meinte.

»Bitte hier entlang, Mrs Thessally.« Eine nette, krausköpfige Schwester, so mollig wie Rosalind als Baby, brachte mich in ein Wartezimmer, und eine Minute später kam eine blitzsaubere, dünne chinesische Schwester aus einer Tür, hielt sie auf und sagte: »Bitte, Mrs Thessally.«

Ich versuchte aufzustehen, war aber bewegungsunfähig.

»Hier entlang, Mrs Thessally.«

Ich blieb sitzen.

Sie kam zu mir und sagte: »Kommen Sie bitte mit, Mrs Thessally. Dr. Kerr beißt nicht.« Sie lachte und zeigte ihre hübschen, kleinen Zähne.

Und dann saß ich da, vor einem Tisch von der Größe eines Tennisplatzes, und dahinter saß Michael, der immer mit uns zu Abend gegessen hatte und der mir durchs Küchenfenster Grimassen geschnitten hatte, bevor er zur Hintertür hereinkam, sodass mir vor

Schreck die Teekanne aus der Hand geglitten war. Er hatte im Garten Unkraut gejätet, auf die Uhr gesehen und gesagt: »Wo bleibt die Frau denn? Warum arbeitet Ihre Tochter so viel? Warum kommt sie nicht Tennis spielen?« Michael hatte mehr als zwei Jahre lang zu unserem Leben gehört.

Im weißen Kittel wirkte er älter, strenger und sogar größer. Er trug eine Brille – das war neu –, und er las meinen Arztbrief mit demselben niedergeschlagenen Gesichtsausdruck, den Rosalind neuerdings hat.

»Also dann«, sagte er. »Mrs – er?«

Ich saß da.

»Mrs Thessally!«, sagte er.

Und ich saß da und betrachtete meine Hände in den guten Handschuhen. Ich sah ihn nicht mehr an. Ich wusste alles, was ich hatte wissen wollen. Ich wusste es dank seiner entsetzten, am Ende hochgehenden Stimme. »Mrs Thessally.«

Und da auf dem Tisch lag der Brief von meinem Hausarzt, dass mir gar nichts fehlte, ich aber darauf bestanden hätte, ihn zu sehen, und nur ihn.

In dem Moment wurde mir klar, wie gründlich ich es vergeigt hatte. Und wie immer bei Rosalind – und wie noch nie bei dem lieben Michael – war ich unfähig zu sprechen.

Ein Arzthelferinnenwesen kam herein und sagte: »Tut mir leid, Herr Doktor, könnten Sie die hier bitte kurz unterschreiben?« Und das tat er dann. Sie ging wieder hinaus. Er schob den Aschenbecher und andere Dinge auf dem Tennisplatz herum und räusperte sich. Ich hörte das leise Ticken der kleinen goldenen Uhr auf dem Regal hinter ihm – eins von Rosalinds Geburtstagsgeschenken.

Wieder wurde die Tür aufgerissen, und jemand rief: »Oh, Entschuldigung – kann ich Sie mal kurz sprechen?«, und ein junger, sorglos wirkender Medizinalassistent in Kittel und fliegendem Stethoskop kam herein. »Mrs Arnold geht es ja wirklich gut.«

Michael sagte: »Oh ja.«

»Wunderbar. Ich denke, wir können sie heute entlassen.«

»Das würden Sie nicht denken, wenn Sie sie heute Nacht gesehen hätten. Sie ist kollabiert.«

»Was?«

»WO BLEIBT DIE FRAU DENN?
WARUM ARBEITET IHRE TOCHTER SO VIEL?
WARUM KOMMT SIE NICHT TENNIS SPIELEN?«

MICHAEL HATTE MEHR ALS ZWEI JAHRE
LANG ZU UNSEREM LEBEN GEHÖRT.

»Ja. Wir waren zwei Stunden bei ihr.«

»Oh Gott. Das hat mir niemand gesagt!«

»Dann ist es ja gut, dass Sie mich noch konsultiert haben, nicht wahr? Ich hoffe, Sie haben es ihr noch nicht gesagt?«

»Was?«

»Dass sie heute nach Hause kann.«

»Nein. Nein.«

»Sie braucht noch ziemlich viel Pflege.«

Der Medizinalassistent verschwand, und die Tür ging zu.

Michael stand auf, ging ans Fenster und sah hinaus. Ich stand ebenfalls auf.

»Dann gehe ich wohl besser«, sagte ich. Er sagte nichts. Ich ging zur Tür und musste mich einfach noch mal zu ihm umdrehen, und da stand die vertraute Gestalt, so gottgleich und allmächtig durch diese Umgebung, überlebensgroß, so anders, als wenn er durch meinen Rittersporn kroch und Schneckenkorn ausbrachte und meine abwesende, zu viel arbeitende, sich nicht für Tennis interessierende Tochter verfluchte. Wie hatte ich es nur wagen können!

»Mrs T.«, sagte er zu den weit entfernt liegenden Kühltürmen von Bayswater, »ich kann überhaupt nichts tun. Ich möchte, dass Sie das wissen. Von mir kann im Moment nichts kommen. Das hat Rosalind Ihnen offensichtlich nicht erzählt, also muss ich es tun. Es ist so ziemlich alles vorbei.«

»Female«, sagte ich.

»Was?« Er drehte sich um.

»Weiblich.« Ich dachte an die schrecklichen Schilder an den Türen draußen. Ich bin nicht sicher, ob ich wusste, was ich da redete, aber ich fuhr fort. »Sie kann nicht einfach zu Ihnen kommen. Ich weiß, Gleichberechtigung und so, und sie scheint auch wirklich eine echte Ärztin zu sein. Aber es gibt tiefsitzende Konventionen.«

Er runzelte die Stirn, wandte sich ab und sah wieder aus dem Fenster.

»Es gibt Dinge, die eine Frau nicht tun kann. Es ist komisch – aber sie kann nicht. Außer sie ist so ein Mannweib. Das hat nichts mit Status und Emanzipation und so zu tun, es ist ein Instinkt. Rosalind würde Ihnen nie, nie schreiben oder Sie anrufen – außer wenn jemand gestorben wäre. Sie würde alles, was Sie zusammen hatten, in den Wind schlagen, bevor sie …«

LUNCH MIT RUTH SYKES

Und weg war ich, aus dem Behandlungszimmer, aus dem Wartezimmer, aus der Klinik, wieder auf der Oxford Street, und mein Herz hämmerte so laut, es machte vermutlich mehr Lärm als das von Mrs Arnold, die kollabiert war. Anscheinend weinte ich auch. Ich ging die gesamte Oxford Street hinunter und sah in alle Schaufenster, aber ich habe keine Ahnung, was darin lag. Als ich die Tottenham Court Road erreichte, war da ein großes Kino, und ich kaufte ein Ticket und ging hinein. Der Film war anscheinend für Riesen gemacht. Die Leinwand war so groß, dass man ständig von links nach rechts gucken musste, um alles zu sehen. Riesige Menschen hüpften daraus auf einen zu und sangen aus voller Kehle – glückliche Kinder und Nonnen, die Gouvernanten wurden und Prinzen heirateten und den Deutschen entkamen und sangen und sangen und sangen. Was für seltsame Leben die Menschen führten.

Es waren nur wenige Leute im Kino – eine alte Frau in meiner Reihe schlief tief und fest, und sonst war nur noch ein schmieriger junger Mann da, der die Füße auf die Reihe vor sich gelegt hatte und dauernd aufstand und nach hinten ging und Eis kaufte. Am Ende des Films, bei einer Art königlicher Hochzeit, stand ich auf und ging und stellte fest, dass es draußen schon ziemlich dunkel war; ich wollte mir irgendwo eine Tasse Tee besorgen.

Aber dann ging ich den ganzen Bloomsbury Way hinunter und fand nichts, und am Ende der Straße stand ich stattdessen auf den Stufen zu einem Hotel.

Es war ein hässliches Hotel mit fadenscheinigen Teppichböden und nicht sehr sauber, aber der Laden brummte, jede Menge Studenten lungerten mit ihren Rucksäcken im Foyer herum, und ich schob unwillkürlich die Glastüren auf und ging hinein und buchte ein Zimmer für die Nacht. Es kostete sechs Pfund Vorkasse, ich bezahlte bar und ging hinauf. Ich legte mich aufs Bett, das schmal und hart war, und starrte an die Decke. »Was bringt das denn? So mit ihr mitzuleiden«, dachte ich, und ich war so müde, dass ich nicht mal die Schuhe ausgezogen hatte. »Immerhin«, dachte ich, »geht es ja gar nicht um mich.«

Ich musste eingeschlafen sein, denn plötzlich war es sehr still, und irgendetwas in der Stille und in der Dunkelheit am Fenster sagte mir, dass es mitten in der Nacht sein musste. Ich setzte mich auf und war für einen Augenblick verängstigt und benommen, bis mir wieder einfiel, wo ich war. Dann stellte ich fest, dass ich mit meinen Gedanken nicht weitergekommen war, obwohl meine Uhr drei Uhr morgens anzeigte. Ich dachte immer noch: »Warum so leiden? Es geht ja nicht um mich. Es geht mich nichts an.«

Ich begann, auf eine Weise nachzudenken, wie ich das in Rosalinds gesamten siebenundzwanzig Jahren nicht getan hatte. Ich dachte an die Frühstücke, bei denen sie nie in meine Richtung sah; die Monate und Monate und Monate, in denen sie nur ein Schemen war, der zu den Mahlzeiten auftauchte und sich ansonsten ins Arbeitszimmer zurückzog oder ausging und Leute traf; an all die Jahre, in denen – außer Ruth Sykes und Mrs Somebody auf der Straße oder Uncle James in Hastings, denn wir haben so wenig Verwandtschaft, und seit Jacks Tod hatte ich kein besonderes Interesse mehr an Freunden und am Ausgehen –, all die Jahre, in denen jeder Anruf, jeder Brief, jede Nachricht und jede Anfrage und jede Einladung immer für sie waren. Ich dachte an ihr großes, gut aussehendes Gesicht, das mich nie anlächelte, und wie sie zusammenzuckt, wenn ich den Mund aufmache, und wie sie mich so eindeutig verachtet. Und dass sie nur dann so weich wurde wie die frühere Rosalind – wie sie war, bevor Jack starb –, wenn Michael da war. Sie hatte Michael nie wirklich eingeladen, fiel mir jetzt auf. Er hatte den Weg zu uns selbst gefunden, zuerst hatte er sie am Gartentor abgesetzt oder sie abgeholt, normalerweise etwas zu früh für sie. »Oh Gott, sorry!«, hat sie immer gesagt, wenn sie hereingeplatzt kam, während wir uns unterhielten oder Michael umherstreifte und die Deckel von den Töpfen hob. »Schon gut«, sagte er dann, »deine Mutter und ich haben uns bestens amüsiert.« Ich erinnere mich an ihren manchmal leicht überraschten Gesichtsausdruck, wenn er das sagte – ein schneller Blick auf mich, was ich trug, und die Erleichterung, wenn sie es nicht ganz so schrecklich fand.

Die Dämmerung färbte den Himmel über Bloomsbury blass und schmutzig, und mir ging endlich auf, dass ich Rosalind eigentlich nicht besonders mochte.

Und beim Einschlafen, als draußen die Spatzen anfingen zu zwitschern, sagte ich laut und deutlich: »Es reicht. Oh, es reicht wirklich.«

Als ich gegen halb zehn aufwachte, machte ich eine halbherzige Katzenwäsche an dem fiesen, kleinen Waschbecken, immer noch in demselben Wollkostüm, in dem ich auch geschlafen hatte, ging hinunter und setzte mich für eine Weile in die Lobby. Es waren mehr Studenten unterwegs denn je und holten sich Kaffee in Pappbechern aus einer Maschine an der Wand. Ich fühlte mich mit meinem Hut und den Handschuhen und Perlensteckern fehl am Platz und irgendwie schwach in all dem Gewimmel und der Hitze. Ein rotblondes Mädchen von vielleicht achtzehn oder neunzehn Jahren ließ sich auf den Sitz neben mir fallen und studierte einen Stadtplan von London. Sie stieß meinen Arm an. »Oh, Entschuldigung«, sagte sie. »Alles in Ordnung?«

»Wenn ich Ihnen das Geld gebe«, sagte ich, »könnten Sie mir dann eine Tasse Tee aus dem Automaten holen?«

Sie holte mir eine und blieb dann vor mir stehen, während ich den Tee trank. »Ist wirklich alles in Ordnung?«, fragte sie. »Soll ich jemanden benachrichtigen?«

Sie fragte das, wie ein Kind jemand Klügeren fragt. »Nein, Liebes«, sagte ich. »Aber vielen Dank.« Ein nettes, gewöhnliches kleines Ding. So eins, wie ich es hätte haben können. So eins, wie man es von Jack und mir eigentlich erwartet hätte. So eins hätte ich gern …

Ich ging auf den Bloomsbury Way hinaus und in die Museum Street und dachte, vielleicht gehe ich ins British Museum, aber die Straße wirkte sehr lang, und ich kam irgendwie nicht recht voran. Ich fühlte mich ganz komisch. »Vielleicht sollte ich der armen Mrs Arnold ein Geschenk kaufen«, sagte ich zu einem Passanten, der mich erschrocken ansah. An einer Ampel fuhr ein Bus sehr dicht an mir vorbei. Ich spürte den Luftzug. Er drückte mir den Rock an die Beine. Ein Taxifahrer schrie mich an, als ich gerade den Bordstein erreichte. Ich dachte: »Ich muss wirklich besser aufpassen, und vielleicht sollte ich jetzt mal weiter?«

Was genau ich mit »weiter« meinte, sollte mein Unterbewusstsein selbst herausfinden, und das tat es erfreulicherweise auch und entließ mich aus der Verantwortung. Es führte mich zur U-Bahn-Station Russell Square und schlug vor, dass ich dort hinuntergehe. Ich stieg um, jedenfalls nehme ich an, dass ich umgestiegen bin, ein paar Mal, denn nach einer unbestimmten Zeit – einer Stunde oder einem

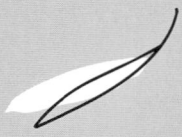

MEIN STRUMPFHALTER LÖSTE SICH.
ICH HABE SCHON IMMER LIEBER STRÜMPFE
GETRAGEN – STRUMPFHOSEN SEHEN AN
NIEMANDEM IN MEINEM ALTER GUT AUS.

Tag – hielt der Zug in Putney Bridge. Anscheinend war ich zu Hause. Ich stieg aus.

Unser Haus ist eins von denen rechts der Putney High Street, und zu Fuß ist es ziemlich weit, sowohl von Putney Bridge als auch von der Station High Street aus. Mit dem Bus kommt man auch nicht viel näher ran. Man muss gleich am Anfang die High Street überqueren, und das ist samstagvormittags nicht so einfach. »Mach hin!«, rief jemand, als ich auf einer Verkehrsinsel zögerte. Ich schaffte es ans andere Ufer und trottete weiter. Ich trottete die Lacy Road und die Cawnpore Terrace entlang. Ich trottete an den ganzen pflaumen- und lilafarbenen Häusern vorbei, Reihe um Reihe, die Namen wie Quantox oder East Lynne hatten. Jack hat Putney so geliebt. Ich habe es nie besonders gemocht.

Vielleicht ziehe ich um. Ich gehe einfach weg. Eigentlich ist es schön blöd, eine große, siebenundzwanzigjährige Frau von Kopf bis Fuß zu bedienen, wenn man sie nicht mal besonders gut leiden kann und sie einen auch nicht.

Mein Strumpfhalter löste sich. Ich habe schon immer lieber Strümpfe getragen – Strumpfhosen sehen an niemandem in meinem Alter gut aus. Bei Home and Colonial gibt es immer noch diese altmodischen Strapse, sehr verlässlich und haltbar, auch wenn Rosalind das anders sieht. Nie zuvor hat sich einer gelöst und hing heraus.

Dann bog ich in unsere Straße ein und sah den Polizeiwagen.

Und rannte.

Ich rannte an Mrs Fergusson in Nummer 63 vorbei, obwohl sie winkte und etwas rief, und Mrs Atkinson nebenan rief auch irgendetwas, sie stand in ihrem Vorgarten und sah zu uns rüber. Plötzlich kam es mir gar nicht mehr wie unsere Straße vor. Es war so viel los. Und ich war mittendrin – mit raushängendem Strumpfhalter.

Aus unserem Haus kam ein Polizist, zusammen mit Michael, sie sprachen miteinander. Da wusste ich es. Auf der Stelle wusste ich es.

Sie hatte sich umgebracht.

Sie hatte letzte Nacht geweint, war aus ihrem Zimmer gekommen, hatte sich das komplette Aspirin aus dem Bad geholt und sich umgebracht. In der einen Nacht, in der ich nicht auf dem Treppenabsatz gesessen und auf sie gewartet hatte, in der einen Nacht in ihrem gesamten Leben, in der ich sie verlassen und mich nicht um sie gekümmert hatte. Ein Abschiedsbrief. Michaels Name auf dem Umschlag. Die Polizei hatte Michael zu uns nach Hause zitiert.

Als Nächstes lag ich flach auf dem Rücken auf unserem Wohnzimmersofa und drei Gesichter sahen zu mir herunter – eins kannte ich nicht, es gehörte einem Polizisten, der sehr jung und vernünftig wirkte. Eins war Michaels, und eins – oh Gott, oh Gott, oh Gott sei Dank! – war Rosalinds.

Ihr Gesicht war ganz nass und tränenüberströmt, auch unter der Brille, und sie schrie und brüllte und wütete: »Wo warst du? Wo warst du? Wie konntest du mir das antun?«

Der Polizist schüttelte Michael die Hand, und der brachte ihn zur Tür, nehme ich an, während Rosalind weiterhin brüllte wie eine Irre. »Wir dachten, du bist tot! Wir dachten, du bist tot! Unter ein Auto gekommen!«

Michael kam herein, packte sie an den Schultern und schüttelte sie. »Du bist jetzt sofort still und holst deiner Mutter einen Tee.« Schluchzend wie ein großer Trottel ging sie. Ich setzte mich auf, und Michael und ich sahen uns an.

»Ach, Michael, es tut mir leid. Das hätte ich nicht tun sollen. Ich hätte mich nicht einmischen sollen. Es geht ja gar nicht um mich. Ich weiß auch nicht, was ich mir dabei gedacht habe.«

»Schhh«, machte er. Er setzte sich auf einen Hocker, nahm meine Hand, und wir saßen einfach still da.

»Ich habe Ruth Sykes angerufen. Tu nicht so, als wärst du mit ihr unterwegs gewesen!«, heulte Rosalind, die mit einem Milchkrug hereingestürzt kam. »Wir waren komplett außer uns vor ... Du lieber Himmel! Dein Strumpfhalter!«, quiekte sie. Sie verschwand und zerdepperte in der Küche lautstark Geschirr.

»Oje«, sagte ich. »Hoffnungslos. Ich sollte wohl ...«

»Schhh«, machte er.

»Sie hat mich angerufen«, sagte er. »Sie hat mich heute morgen angerufen.«

»Dann hatte ich nicht mal damit recht.«

»Doch«, sagte er. »Sie hat eine Nachricht hinterlassen. Sie hat gesagt: ›Es geht um meine Mutter. Es geht um Leben und Tod.‹ Und Sie hatten gesagt: ›Nur, wenn jemand gestorben ist.‹«

»Es ist ja niemand gestorben«, sagte ich.

»So, wie Sie im Moment aussehen, wirkt es aber fast so.«

»Ach, Michael. Es tut mir leid. Ich wollte nicht, dass Sie denken, Sie müssten gleich hier angelaufen kommen ...«

»So ist es auch nicht. Ich hatte gestern schon beschlossen zurückzukommen. Nachdem Sie weg waren. Man hat mich nach Rosalinds Anruf gerade noch erwischt, ich war schon unterwegs. Aber das weiß sie nicht. Sie hat gesagt: ›Oh, du warst aber schnell‹, als sie mir die Tür aufmachte. Da war ich ein bisschen beschämt.«

Ich schloss die Augen, das war mir alles zu kompliziert. Dann kam Rosalind wieder hereingestürmt, mit einem Sammelsurium von Geschirr auf einem Tablett. Die alte braune Teekanne und drei durcheinandergewürfelte Tassen. Sie hatte die Brille abgenommen, das Haar fiel ihr ins Gesicht, und ihre Wangen waren leuchtend pink bis unter die Augen, sie war rosig wie ein Kind. Sie ist wirklich ein zauberhaftes Mädchen.

»Wie konntest du?«, jaulte sie immer noch. »Ich war außer mir! Du hast doch noch nie ... Wann hast du denn ...?«, und so weiter. Michael streckte die andere Hand aus und nahm ihre und sagte: »Schhh, lass deine Mutter doch erst mal zur Ruhe kommen.« Er sagte: »Ich habe noch nie ein so emotionales Paar kennengelernt. Wenn ihr jetzt nicht beide aufhört, muss ich einen Arzt rufen.«

»Jetzt werd nicht auch noch witzig, Michael.« Aber »Schhh«, machte er wieder. »Deine Mutter braucht jetzt all ihre Kraft, um diese Hochzeit zu organisieren.«

Rosalind kippte sich einen kompletten Becher Tee übers Kleid und auf den Boden und ließ die Tasse fallen, die sofort kaputtging (die letzte vom guten Worcesterporzellan), und starrte ihn an.

»Ich fasse es nicht«, sagte er – und starrte hocherfreut zurück – »ich fasse es wirklich nicht. Rein medizinisch«, sagte er. »Es grenzt an ein genetisches Wunder« (das muss ich unbedingt Ruth Sykes erzählen), »wie eine so intelligente Frau eine so dumme, großartige Tochter haben kann.«

Jane Gardam

AUFZUGS-GESCHICHTE

ALS AN DIESEM ABEND der Fahrstuhl mit einem Ruck stehen blieb, verglich Alfred die zwei oder drei Fälle, da er bisher in einem Lift festgesessen hatte, mit seiner jetzigen Situation und entdeckte sekundenschnell den Unterschied: Noch nie war das Licht ausgegangen. Seine Angst unterdrückte er, indem er sich sagte, der Fahrstuhl hänge schließlich nicht am Stromnetz, sondern an fingerdicken Drahtseilen.

Dann dachte er: Aber die Notbeleuchtung? Dann hörte er eine vorwurfsvolle Frauenstimme: »Drücken Sie doch auf irgendeinen Knopf, damit wenigstens das Licht angeht.« Alfred war verwundert, denn er konnte sich nicht daran erinnern, dass jemand mit ihm zusammen in den Fahrstuhl eingestiegen war. Und bis zu diesem Augenblick hatte die Person sich vollkommen still verhalten, obwohl seit dem Stopp, so schätzte Alfred, mindestens eine halbe Minute vergangen war.

Er breitete die Hände aus und tastete die Wand links neben der Tür ab, wo er die Schalttafel wusste. Dabei berührte er eine Hand der Frau, die vielleicht auf dieselbe Weise suchte. Die Frau schrie: »Rühren Sie mich nicht an!«

Alfred erschrak zu Tode, die Stimme hatte entsetzt geklungen und hysterisch. Er wich zurück und fürchtete, er könnte mit einer Verrückten eingesperrt sein. Dann dachte er: Wer weiß, was die zuletzt für einen Film gesehen hat. Er nahm sich vor, die Frau unauffällig zu beruhigen, indem er ihre Ängste sehr berechtigt und eher noch zu klein nannte und ihr vielleicht so Gelegenheit gab zu erkennen, wie unsinnig sie waren. Er sagte: »Zufällig haben Sie mich richtig eingeschätzt, ich bin tatsächlich ein Unhold. Wie haben Sie das in den paar Sekunden rausgekriegt? Ich habe doch noch gar nicht losgelegt?«

Die Frau sagte: »Reden Sie nicht solchen Unsinn. Tun Sie lieber was.«

Gott sei Dank, dachte Alfred. Er sagte: »Sie lassen mich ja nicht.«

Wieder machte er sich auf, die Schalttafel zu suchen. Einen Augenblick lang meinte er, auf seinem Handrücken den Atem der Frau zu spüren. Er fand die Knöpfe und drückte der Reihe nach auf jeden einzelnen. Er hatte in Erinnerung, dass neben einem der Knöpfe das Wort NOTRUF geschrieben stand. Aber nichts geschah. Alfred drückte so fest, dass er fürchtete, der Zeigefinger könnte ihm abbrechen.

»Haben Sie gedrückt?«, fragte die Frau.

»Und wie«, sagte Alfred.

»Und?«

»Sehen Sie doch«, sagte Alfred.

Er schaute auf seine Armbanduhr und erkannte mit einiger Mühe, dass es ein paar Minuten nach halb eins war. Vermutlich, dachte er, befand sich um diese Zeit längst kein Mensch mehr in der Notzentrale, sofern es solch eine Einrichtung überhaupt gab. Er hielt es nicht für ratsam, diese Überlegung auszusprechen. Stattdessen suchte er nach Worten, mit denen er für den Fall, dass die Frau sich wieder so laut zu fürchten anfing, die Situation als alltäglich, vielleicht sogar als spaßig darstellen konnte. Plötzlich tauchte ihm die Frage auf, wie viel Liter Luft in so einem Fahrstuhl wohl sein mochten und wie viel davon zwei erwachsene Menschen in einer Minute verbrauchten. Er setzte sich auf den Boden, lehnte sich gegen die Wand und streckte die Beine aus.

»Was tun Sie?«, fragte die Frau.

»Ich mache es mir gemütlich«, sagte Alfred.

Gleich darauf stieß die Frau mit dem Fuß gegen sein Knie, fiel hin und schrie auf. Alfred sagte: »Um Himmels willen.«

Sie schien sich nicht wehgetan zu haben. Sie stand über Alfreds Beinen wieder auf, wobei sie sich sehr beeilte. Er half ihr nicht, denn er fürchtete, dass sie von Neuem losplärren würde, wenn er ihren Arm ergriff oder in der Finsternis womöglich einen anderen Teil ihres Körpers berührte.

Die Frau sagte: »Sie sind wohl verrückt geworden. Sie können doch nicht im Dunkeln Ihre Beine kreuz und quer durch den Fahrstuhl legen. Sind ja die reinsten Fallen.«

»Entschuldigen Sie«, sagte Alfred, »hätte ich Ihnen rechtzeitig sagen sollen. Aber jetzt wissen Sie es: Ich sitze hier an der Wand, habe die Beine etwa einen Meter weit ausgestreckt und werde mich nicht rühren.«

»Hoffentlich«, sagte die Frau.

Alfred sagte sich, es würde keinen Nutzen bringen, sich über ihre Unfreundlichkeit aufzuregen. Er als der Nervenstärkere sollte mit seiner Ruhe der Frau ein gutes Beispiel geben. Er sagte: »Sie brauchen keine Angst zu haben. Ich weiß so wenig wie Sie, wie lange die Sache dauern kann, aber mir ist kein Fall bekannt, dass jemand im Fahrstuhl verhungert wäre. Wir werden uns schon die Zeit vertreiben, ich meine, wir werden uns unterhalten oder still sein, ganz wie Sie wollen. Und irgendwann wird es mit der Mühle schon weitergehen.«

Alfred hörte, wie die Frau ihre Handtasche öffnete und darin herumwühlte. Sie murmelte etwas vor sich hin, was er nicht verstand. Auf einmal kam es ihm aufregend vor, nicht zu wissen, wie die Frau aussah. Hundert Frauen, dachte er, könnte man morgen vor mich hinstellen, oder auch nur zwei, und mich dann fragen, welche die eine mit mir im Fahrstuhl gewesen ist – ich könnte es nicht sagen. Er versuchte, sich eine Vorstellung von der Frau zu machen, wusste aber schon vorher, dass eine hübsche Rothaarige, recht groß und schlank, dabei herauskommen würde.

»Haben Sie Feuer bei sich?«, fragte die Frau.

»Ich bin Nichtraucher«, sagte Alfred.

»Auch das noch«, sagte sie.

»Was meinen Sie damit?«, fragte er.

»Ausgerechnet heute muss ich meine Streichhölzer vergessen«, sagte sie, als wollte sie von ihrer Grobheit zurücknehmen.

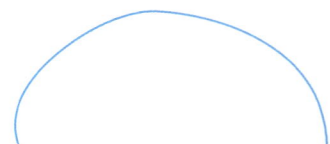

DIE FRAU SAGTE: »SIE SIND WOHL VER-
RÜCKT GEWORDEN. SIE KÖNNEN DOCH
NICHT IM DUNKELN IHRE BEINE KREUZ UND
QUER DURCH DEN FAHRSTUHL LEGEN.
SIND JA DIE REINSTEN FALLEN.«

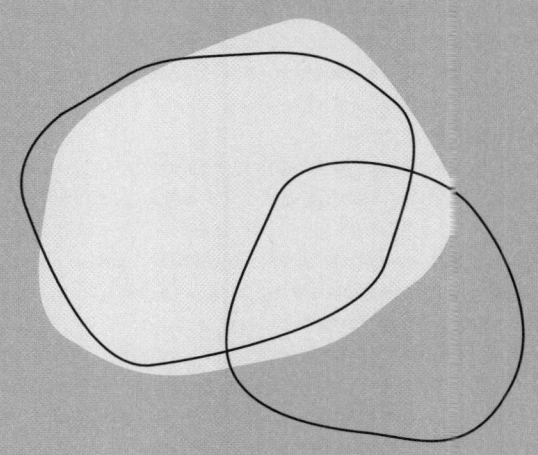

Alfred rechnete sich aus, dass sie keine starke Raucherin sein konnte, sie hätte sonst früher das Feuer vermisst. Dann fragte er sich, warum sie nicht schon längst Streichhölzer gesucht hatte, um den Fahrstuhl wenigstens für Sekunden zu beleuchten.

Er sagte: »Seien Sie froh, dass Sie nicht rauchen können. Die Luft in so einem kleinen Raum verbraucht sich schnell.«

Die Frau sagte: »Sie sind erst vor Kurzem hier eingezogen?«

»Ja«, sagte er.

»In den achten Stock?«

»Ja«, sagte Alfred.

Er bemerkte, dass seine Hose an einer Stelle des Fahrstuhlbodens festklebte, machte sich aber nicht die Mühe, zur Seite zu rücken; ihm war zumute, als komme es auf eine Hose jetzt auch nicht mehr an. Gleichzeitig war er froh, dass die Frau den aufgeregten Teil ihrer Angst überwunden zu haben schien. Das Licht, dachte er, würde irgendwann plötzlich angehen. Dann dachte er: Licht, das man nicht selbst anmacht, geht immer plötzlich an. Dann begann er, sich über den Abend zu ärgern, der ihn bis in diesen Fahrstuhl geführt hatte. Wenn es wenigstens ein guter Abend gewesen wäre, dachte er, könnte er hier in der Dunkelheit sitzen und sich freuen. Er wünschte, er hätte sich früh ins Bett gelegt und endlich angefangen, den Gulliver zu lesen, wie er es sich seit Wochen vorgenommen hatte. Dann wäre Ruhe gewesen. Stattdessen, dachte er, treffe ich mich mit dieser Kuh und hole mir auch noch eine blutige Nase.

»Was reden Sie da?«, fragte die Frau.

»Gar nichts«, sagte Alfred.

»Ich habe deutlich das Wort Ruhe verstanden«, sagte die Frau.

»Haben Sie denn gar keine Angst mehr, dass ich zudringlich werden könnte?«, fragte Alfred.

Die Frau lachte kurz, wie über einen missratenen Witz, dann schwieg sie aber. Alfred wartete noch einige Sekunden, bevor er wieder auf seinen Abend verfiel. Er warf sich vor, es sei stumpfsinnig und trist, sich immer nur diejenigen Mädchen für Verabredungen auszusuchen, die in seinen Augen die hübschesten waren. Wem auf die Dauer nicht auch noch andere Gesichtspunkte einfielen, dachte er, der dürfe sich über Enttäuschungen, Langeweile und schließlich über blutige Nasen nicht beklagen. Klar, ganz so unwichtig sei das

Aussehen natürlich auch nicht. Aber Rosi zum Beispiel, sagte er sich: Ich glaube, Rosi ist mit Abstand das angenehmste Mädchen, das mir je über den Weg gelaufen ist. Wieso habe ich mich noch nie mit Rosi verabredet? Sie ist lustig, sie hat Geschmack für zehn, sie ist nicht aufdringlich, sie hilft bei jeder Gelegenheit, sie ist unheimlich gebildet, prahlt aber nie damit, und sie ist zuverlässig und riecht gut. Sie hat bloß eine zu breite Nase. Wenn einer glaubt, dass eine zu breite Nase mehr Bedeutung hat als alles andere, der muss doch vollkommen verrückt sein. Wenn ich Rosi das nächste Mal sehe, dachte er, mache ich die Bremse los, das schwöre ich.

Die Frau fragte: »Ist es bei Ihnen da unten sehr schmutzig?«

»Es geht«, sagte Alfred. »Es klebt ein bisschen.«

»Mir werden langsam die Knie weich«, sagte die Frau, »rutschen Sie mal ein Stück.«

Alfred rückte zur Seite, und sie setzte sich. Sie schien darauf zu achten, dass der größtmögliche Abstand zwischen ihnen blieb. Alfred konnte sogar, nachdem er vorsichtig getastet hatte, den Arm ausstrecken, ohne sie zu berühren. Ihre Handtasche lag zwischen ihnen, er schob sie ein wenig beiseite und spürte keinen Widerstand, die Frau hielt sie also nicht fest. Die Tasche war aus Wildleder. Er ließ die Finger darüber hingleiten, als könnte er auf diese Weise etwas über die Besitzerin erfahren. An einem der Ränder war ein Stück Naht aufgegangen.

Die Frau sagte: »Entschuldigen Sie, wenn ich vorhin laut geworden bin.«

Alfred winkte ab, dann fiel ihm die Finsternis ein, und er sagte: »Ist längst vergessen.«

Sie sagte: »Ich bin noch nie mit einem Mann im Fahrstuhl eingesperrt gewesen.«

»Das habe ich mir gedacht«, sagte er. »Bei mir kommt so was jeden zweiten Tag vor.«

Sie sagte: »Heute geht nichts so, wie es soll.«

Alfred dachte wieder an Rosis Nase. Er stellte sich die Frage, wo denn geschrieben stehe, welche Bedingungen eine Nase erfüllen müsse, um schön genannt zu werden. Jede Nase ist so schön, sagte er sich, wie ich sie finde. Und es kam ihm dumm vor, den Geschmack irgendeiner Mehrheit blind zu übernehmen, bei Nasen und auch bei kleineren Dingen. Dann erinnerte er sich, vor längerer Zeit einen Artikel über kosmetische Chirurgie gelesen zu haben, und er beschloss, sich näher damit zu befassen.

Die Frau sagte: »Ich komme gerade von einem Betriebsvergnügen.«

»Ach ja«, sagte Alfred.

»Dampferfahrt zum Müggelsee«, sagte die Frau, »macht die Abteilung jedes Jahr. Aber sonst war mehr los als diesmal.«

»Der Müggelsee ist hübsch«, sagte Alfred.

»Vielleicht riechen Sie, dass ich was getrunken habe«, sagte die Frau. »Es war so langweilig, dass wir uns am Ende an die Bar gesetzt haben, um ein paar Kirschlikör zu trinken, meine Freundin und ich.«

»Man merkt aber gar nichts«, sagte Alfred. »Wirklich.«

»Die haben die meiste Zeit über Betriebskram geredet. Ich bin Sekretärin im Glühlampenwerk, müssen Sie wissen. Manche haben ihre Frauen mitgebracht, die waren noch die lustigsten.«

»Hat keine Frau ihren Mann mitgebracht?«

»Darauf hab ich gar nicht geachtet«, sagte die Frau. »Wo kommen Sie jetzt her, wenn ich mal neugierig sein darf?«

»Ist doch egal.«

»Bitte«, sagte sie, »wenn Sie nicht darüber sprechen wollen. Bitte sehr.«

Die Stimme der Frau kam Alfred gekränkt vor, und er meinte, sie habe nicht den kleinsten Anspruch darauf. Eine Weile wartete er auf ein Wort von ihr, doch sie schwieg beharrlich. Er stellte sich vor, wie sie mit verkniffenem Mund dasaß und die Arme vor der Brust verschränkt hielt. Er dachte: Soll sie so sitzen, bis sie schwarz wird. Dann hielt er sich plötzlich für unverständlich abweisend, und er spürte Mitleid mit der Frau und mit sich selbst. Es schien ihm, dass sie mit ihrer kleinen Erzählung einen Preis entrichtet hatte, für den sie seine Antwort zu erhalten hoffte.

Er sagte: »Ich komme von der Verabredung mit einem Mädchen. Wir waren im Kino und dann etwas essen.«

»Ach ja«, sagte die Frau.

»War aber auch nicht alle Welt«, sagte Alfred, »ähnlich wie bei Ihnen. Genauer gesagt, es war ein lausiger Abend. Die hat gedacht, Wunder wer sie ist. Dabei konnte man keine fünf Worte geradeaus mit ihr reden.«

Die Frau sagte: »Machen Sie sich nichts draus.«

»Ich habe ihr was gehustet«, sagte Alfred. »Im Kino ging es ja noch, da haben wir einfach dagesessen, uns an der Hand gehalten und den Film gesehen. Aber später beim Essen, das Gesicht hätten Sie mal sehen sollen. Ist dir auch klar, welche Ehre ich dir antue? Nun biete mir mal was, sonst wird das nichts mit uns beiden. Für eine so ungewöhnliche Person wie mich benimmst du dich aber reichlich gewöhnlich. Ich kann Ihnen sagen. Als ich mal aus Versehen mit der Hand an ihr Knie gekommen bin, hat sie mich angesehen, als hätte ich ihr vor allen Leuten in die Hose gegriffen. Wenn sie gesagt hätte – lass das doch bitte, ich möchte das nicht –, das hätte ich ja noch verstanden. Aber es gibt Blicke, wissen Sie, als ob man sagt: So benimmt man sich vielleicht bei dir zu Hause, aber nicht bei mir.«

»Was sind Sie eigentlich von Beruf?«, fragte die Frau. »Chemiker«, sagte Alfred. »Ich bin erst seit Kurzem von der Uni runter. Warum fragen Sie?«

»Nur so.«

Für einen Moment ging das Licht im Fahrstuhl an, Alfred hatte zufällig die Spitze seines linken Schuhs im Blick. Geblendet schloss er die Augen. Bevor er noch den Gedanken, dass er nun endlich die Frau ansehen konnte, zu Ende gedacht hatte, war es wieder finster. Er richtete seinen Blick auf die Stelle, an der er das Gesicht der Frau vermutete. Er glaubte, jeden Augenblick müsse nun etwas Entscheidendes geschehen. Dann hoffte er, das Licht gehe wenigstens noch einmal für zwei Sekunden an, lange genug für einen Blick auf die Frau. Als sich aber nichts rührte, dachte er, das Flackern sei wenigstens ein Zeichen dafür gewesen, dass an irgendeinem Ort an der Behebung des Schadens gearbeitet wurde.

Die Frau sagte: »Ich habe jetzt gar keine Angst mehr. Seltsam.«
»Ich auch nicht«, sagte Alfred.
»Haben Sie denn vorher Angst gehabt?«, fragte die Frau. »Na ja«, sagte Alfred, »nicht direkt Angst.«

Er lehnte den Kopf wieder gegen die Wand und glaubte, er würde wie zuvor seine Schuhspitze im Auge haben, wenn das Licht noch einmal kurz anginge. Verwundert stellte er fest, dass er sich ganz wohl fühlte. Ihm kam die Frage in den Sinn, welchen Grund es für Ungeduld gab: was er oben in seiner Wohnung denn jetzt so Wichti-

Bevor er noch den Gedanken, dass er nun endlich die Frau ansehen konnte, zu Ende gedacht hatte, war es wieder finster. Er richtete seinen Blick auf die Stelle, an der er das Gesicht der Frau vermutete.

ges zu tun hatte, dass er dort lieber sein wollte als hier im Fahrstuhl bei der Frau.

Die Frau sagte: »Trösten Sie sich, mir ist es heute nicht besser ergangen. Wahrscheinlich schlimmer. Ich sagte Ihnen vorhin, dass es langweilig war auf unserem Schiff, aber das ist nur die halbe Wahrheit. Die andere Hälfte ist viel unangenehmer. Wollen Sie hören?«

»Natürlich«, sagte Alfred.

»Wenn ich bloß Streichhölzer bei mir hätte«, sagte die Frau. »Vor ein paar Wochen fing bei uns ein Mann neu an, und der hat sich gleich an mich rangemacht. Ich sage Ihnen, wie es ist: Er hat mir gefallen. Heute erfahre ich, dass er eine Freundin hat, mit der ist er schon seit zwei Jahren zusammen. Sie war aber nicht mit auf dem Dampfer, so unvorsichtig ist er nicht. Eine Kollegin hat es mir erzählt, die kennt die beiden.«

»Mir war hundekalt, als wir aus dem Restaurant rauskamen«, sagte Alfred. »Sie wohnt am anderen Ende der Stadt, und sie hat natürlich gedacht, ich würde ein Taxi rufen. Aber ich bin eisern mit der Straßenbahn gefahren. Wir haben kein Wort unterwegs geredet, mindestens fünfzehn Stationen. Nachdem wir ausgestiegen waren, hab ich gefragt, ob sie sich deswegen so ärgert, weil wir mit der Straßenbahn gefahren sind und nicht mit dem Taxi, wie es einer Person wie ihr zusteht. Da hat sie gefragt, ob nicht auch ohne solche Bemerkungen das Maß schon voll genug ist.«

Die Frau sagte: »Wenn er verheiratet gewesen wäre, dann hätte ich es ja zur Not noch verstanden, dass er mir nichts sagt. Nicht, dass ich es richtig gefunden hätte, aber irgendwie wär mir der Grund plausibel vorgekommen. Finden Sie nicht? Jedenfalls habe ich ihn gefragt, ob wir nicht zu dritt in eine größere Wohnung ziehen sollten. Oder ob seine andere Freundin vielleicht ein bisschen komisch in der Beziehung ist, hab ich ihn gefragt. Ich bin da gar nicht so, hab ich gesagt. Da hätten Sie mal erleben sollen, wie der mich angesehen hat. Als hätte ich kein Schamgefühl im Leib. Verstehen Sie – ich!«

»Klar verstehe ich das«, sagte Alfred. »Und ich weiß auch, wie es einen krank machen kann, wenn man auf verschiedenen Wellenlängen sendet. Wenn man es gleich am Anfang merkt, dann geht es ja noch, dann kann man die Sache leichter sausen lassen. Je später so was rauskommt, desto schlimmer. So gesehen, hab ich eigentlich ja noch Glück gehabt, das war heute unsere erste Verabredung. Und die letzte, das können Sie mir glauben. Sie sieht aber wirklich sehr gut aus.«

»Ist sie blond?«, fragte die Frau.

»Ja, blond«, sagte Alfred. »Vor ihrer Haustür hab ich mich für den Abend bedankt und ihr gewünscht, dass ihr nächster Freund nicht wieder so ein Stiesel ist wie ich. Ich dachte, sie würde sich jetzt umdrehen und mich stehen lassen oder sie würde etwas Verächtliches sagen. Aber sie hat verwundert gefragt, wie ich das meine. Da hab ich auf einmal gedacht, ich hätte mich geirrt und dass sie doch irgendwie in Ordnung ist. Ich war schon dicht dran ihr zu sagen, dass sie nichts auf mein blödes Gerede geben soll, und dabei wollte ich die Hände auf ihre Schultern legen. Ich hab mir wirklich nichts dabei gedacht. Aber sie ist einen Schritt zurückgetreten und hat mich wieder mit diesem vornehmen Kuhblick angesehen. Da war es aus.«

Die Frau sagte: »Er hat sich nicht geschämt, mir bis an die Bar nachzukommen und mich zu fragen, wer mir die Sache mit seiner Freundin erzählt hat. Und mich dann auch noch zu fragen, ob wir deswegen denn gleich Schluss machen müssen. Können Sie sich sowas vorstellen? Zuerst wollte ich ihm den Kirschlikör über den Kopf gießen. Dann habe ich das Zeug lieber getrunken und ihm geantwortet: nur zu dritt. Zu dritt oder gar nicht, hab ich ihm gesagt. Er hat den Kopf geschüttelt und gesagt, dass ich total verrückt geworden bin. Meine Freundin hat gesagt, sie hat gleich gewusst, dass mit dem was nicht in Ordnung ist. Sie weiß hinterher immer alles besser. Sie hat gesagt, dass sie sich nie im Leben mit dem eingelassen hätte, aber die hat gut reden.«

»Warum hat die gut reden?«, fragte Alfred.

Die Frau antwortete nicht, und Alfred ließ ihr Zeit, bis er verstand, dass sie nicht überlegte, sondern schwieg.

Er fragte noch einmal: »Warum hat Ihre Freundin gut reden?«

Die Frau sagte: »Ach nichts.«

Alfred konnte hören, dass seine Frage ihr unangenehm war. Er dachte wieder an seinen eigenen Abend und versuchte sich Rosi mit einer anderen Nase vorzustellen. Dann merkte er, dass er nicht weit vom Schlaf entfernt war, und er dachte: Wenn ich nichts dagegen tue, bin ich in einer Minute eingeschlafen.

AUFZUGSGESCHICHTE

Dann wachte er auf, und als er sich zur Seite drehen wollte, merkte er, dass die Frau seine Hand hielt. Am Anfang war er nicht so sicher, wie er gewesen wäre, wenn er das Handauflegen wahrgenommen hätte. Zur Prüfung bewegte er ein wenig die Finger, da spürte er deutlich die Hand der Frau. Sie war auch wärmer als seine eigene. Bald bildete er sich ein, ihre einzelnen Finger zu fühlen, kam beim Nachzählen aber immer bis sechs.

Die Frau sagte leise: »Sind Sie jetzt wach?«

»Bin ich doch eingeschlafen«, sagte Alfred.

Die Frau sagte: »Ich habe Sie ein bisschen schnarchen hören, da hab ich Ihre Hand genommen.«

Die Hand der Frau war Alfred nicht unangenehm, er empfand sie keinen Augenblick lang als aufdringlich. Er dachte: Zu verrückt, dass ich nicht weiß, wer sie ist. Er machte einige tiefe Atemzüge und konnte nicht feststellen, dass es sich schwerer als sonst atmete.

Ohne die Hand zu rühren, sagte die Frau: »Wenn es Sie stört, dann müssen Sie es nur sagen.«

»Überhaupt nicht«, sagte Alfred. »Lassen Sie die Hand ruhig so liegen.«

Jurek Becker

WIE MAN GLÜCKLICH WIRD

ICH HATTE MEINEN freien Tag, saß in der Küche und las in der Zeitung, als Luis hereintrat und fragte: »Papa, was ist eigentlich Glück?«

Glück, dachte ich – wie erklärt man einem Fünfjährigen, was Glück ist? Und Glück, dachte ich ... weiß ich überhaupt selbst, was Glück ist? Welche Ahnung hat ein Jammerlappen wie ich, der sich leicht Tag für Tag in Klagen und Melancholie verliert, vom Glück? Was wäre Glück für mich in diesem Moment? Wenn ich noch zwei Stunden hier sitzen könnte und Zeitung lesen, unbehelligt vom Leben? Und was wäre Glück für ihn, den Kleinen – jetzt?

»Ähm, also, Glück ist ... weißt du ...«, hob ich an, weil ich mich zu einer Antwort verpflichtet fühlte, »Glück also ist ... Luis?! Wo bist du denn?«

Er war aus der Tür gegangen. Er hatte die Frage gestellt und anschließend sofort den Raum verlassen, vielleicht im Gefühl, die Frage könnte für mich zu groß sein. Oder die Antwort für ihn zu hoch. Ich las wieder in meiner Zeitung, ohne weiter über Glück nachzudenken und etwas anderes zu empfinden als eine kleine Zufriedenheit. Da betrat Luis wieder das Zimmer. Er trug drei lange Leisten aus Holz und eine kleine Plastiktüte mit kleinen und größeren Holzklötzen, die der Schreiner ihm geschenkt hatte, als er einen Einbauschrank installierte.

Luis sagte: »Ich möchte eine Maschine bauen.«

»Was für eine Maschine?«, fragte ich.

»EINE MASCHINE EBEN«, SAGTE ER. »EINE MASCHINE, DIE ETWAS KANN.«

»Und was?«, fragte ich.

»Na, etwas eben, irgendetwas«, sagte er. »Hilfst du mit? Gibst du mir dein Werkzeug?«

Ich dachte, wie gern ich noch eine Weile mit meiner Zeitung allein gewesen wäre, wie gern ich danach vielleicht einen Spaziergang gemacht hätte, dass ich vielleicht auch Freude an einem Buch gehabt hätte. Wie schön es wäre, Luis würde allein in seinem Zimmer spielen! Und: Ich bastele nicht gern und verstehe nichts von Maschinen. Teufel auch, ich hatte meinen freien Tag! Aber!!! Luis bastelt gern, und er versteht noch weniger von Maschinen, und ich konnte ihn ja nicht allein mit Hammer und Säge werkeln lassen. Ich dachte einen Augenblick nach, dann sagte ich: »Wir bauen eine Schranke.«

»Was ist eine Schranke?«

»Das gibt es bei der Eisenbahn, wenn sie über eine Straße fährt, damit die Autos stehen bleiben. Und an den Grenzen zu anderen Ländern.«

»Ach so, eine Schranke«, sagte Luis. »Jaaa!«

Dann holte ich den Werkzeugkasten und Nägel. Wir sägten ein Stange für die Schranke zurecht, so breit wie unser Flur, nagelten an das eine Ende einen Holzklotz, bauten ein Gestell mit Halterungen für das eine und das andere Ende der Schranke und machten sie so daran fest, dass man sie auf- und zuklappen konnte. Dann holte Luis seinen Malkasten mit den Wasserfarben, und ich holte Wasser. Weil ich keine alte Zeitung fand, nahm ich die neue, die ich eigentlich noch lesen wollte, und breitete sie unter der Holzkonstruktion aus.

Wir malten die Schranke weiß und rot an: Ich machte die weißen Streifen, Luis die roten, und den dicken Holzklotz am Ende machten wir gemeinsam schwarz. Dann nahmen wir ein Brettchen und nagelten es an die Schranke, als Schild.

»Was sollen wir auf das Schild schreiben?«, fragte ich.

»Wir schreiben: ›Halt, hier muss man stehen bleiben, das ist eine Schranke!‹«, sagte Luis.

»Dafür ist das Schild viel zu klein«, sagte ich. »Wir schreiben einfach: ›Stopp!‹«

»Gut«, sagte Luis. Ich schrieb: »Stopp!« Wir waren fertig. In diesem Moment kam Paola vom Einkaufen. Sie blieb vor der Schranke stehen und fragte: »Was ist das denn?«

»Eine Schranke«, sagte Luis. »Siehst du doch.« Er klappte die Schranke auf, ließ Paola gehen, klappte die Schranke zu und sah dabei aus, als wäre er in der Zeit, als wir bastelten, zehn Zentimeter größer geworden. Dabei war er bloß glücklich. Und ich auch.

Axel Hacke

DIE GROSSE PLASTIKWURST

SOPHIA WUSSTE, dass auf sehr kleinen Inseln im Meer keine Erde liegt, sondern nur Torf. Der Torf ist mit Tang, Sand und unschätzbarem Vogelmist vermischt, und deshalb gedeiht alles zwischen den Steinen so gut. Während ein paar Wochen im Jahr sprießen aus jedem Spalt im Felsen Blumen, die mit viel kräftigeren Farben blühen als an jedem anderen Ort des Landes. Die bedauernswerten Menschen, die auf den grünen, landeinwärts gelegenen Inseln wohnen, müssen sich mit einem bürgerlichen Garten begnügen, wo sie ihre Kinder zum Unkrautjäten anhalten und Wasser schleppen, bis sie krumm werden. Eine kleine Insel dagegen sorgt für sich selbst. Sie trinkt Schmelzwasser und Frühlingsregen und schließlich Tau, und falls Trockenheit kommt, wartet die Insel eben bis zum nächsten Sommer, um dann ihre Blumen rauszuschicken. Die sind das gewohnt und verharren gelassen in ihren Wurzeln. Ihretwegen braucht keiner ein schlechtes Gewissen zu haben, sagte die Großmutter.

Als Erstes kam das Skorbutkraut, nur ein paar Zentimeter hoch, aber unentbehrlich für die Seeleute, die von Schiffszwieback leben. Ungefähr zehn Tage später, an einer windgeschützten Stelle hinter der Bake, kam die zweite Pflanze, das wilde Stiefmütterchen. Sophia und die Großmutter gingen immer wieder dorthin, um es anzugucken, manchmal schlug es Ende Mai aus und manchmal Anfang Juni. Man musste es lange betrachten. Sophia erkundigte sich, warum das Stiefmütterchen so wichtig sei, und die Großmutter antwortete: »Weil es die erste Blume ist, die blüht.«

»Nein. Es ist die zweite«, sagte Sophia.

»Aber es kommt immer wieder an derselben Stelle heraus«, sagte die Großmutter. Ihre Enkelin dachte, das tun all die anderen ja auch, mehr oder weniger jedenfalls, sie sagte aber nichts.

Jeden Tag wanderte die Großmutter an den Ufern entlang, um nachzuschauen, was alles herausgekommen war. Wenn sie auf ein Stück loses Moos stieß, schob sie es wieder in sein ursprüngliches Loch zurück. Sie erinnerte an einen großen Regenpfeifer, wie sie so ging, langsam und steifbeinig, und immer wieder stehen blieb, den Kopf hin- und herdrehte, alles ringsum genau beobachtete und dann weiterging.

Die Großmutter war nicht immer ganz logisch. Obwohl sie wusste, dass man wegen einer kleinen Insel, die für sich selbst sorgt, kein schlechtes Gewissen zu haben braucht, wurde sie bei Trockenheit doch sehr unruhig. Dann pilgerte sie in der Abenddämmerung zum Moor, wo sie unter den Erlen eine Kanne versteckt hatte, und holte mit einer Kaffeetasse den allerletzten Rest Wasser heraus. Damit wanderte sie dann herum und schwappte ab und zu ein paar Tropfen auf die Pflanzen, die ihr besonders am Herzen lagen. Dann versteckte sie die Kanne wieder. Im Herbst pflegte sie wilde Samen in Streichholzschachteln zu sammeln, die sie dann am letzten Tag auf der Insel aussäte, niemand wusste, wo.

Die große Veränderung begann damit, dass Sophias Vater per Post Blumenkataloge erhielt. Er las nur noch Blumenkataloge. Zum Schluss schrieb er nach Holland, und die schickten ihm dann eine Kiste, vollgepackt mit Tüten, und in jeder Tüte lag, in leichte, schützende Flocken gebettet, eine braun-weiße Zwiebel. Der Vater bestellte noch eine Kiste, worauf er aus Amsterdam Ehrengeschenke bekam – einen Holzschuh aus Porzellan, der eine Vase darstellen sollte, und Firmenzwiebeln, die Houet van Moujk oder so ähnlich hießen. Spät im Herbst fuhr der Vater allein zur Insel zurück, um seine Zwiebeln zu setzen. Und den ganzen Winter las er weiter Bücher über Pflanzen, Büsche und Bäume, weil er sie so gut wie möglich verstehen wollte. Allesamt waren sie empfindlich und verwöhnt und mussten wissenschaftlich und mit großer Sorgfalt behandelt werden. Ohne echte Erde und regelmäßiges Wasser gediehen sie nicht. Im Herbst musste man sie zudecken, damit sie nicht erfroren, und im Frühjahr wieder befreien, damit sie nicht verfaulten, man musste sie vor Wühlmäusen, Sturm, Hitze und Nachtfrost schützen und natürlich vor dem Meer. Das alles wusste der Vater, und vielleicht war es das, was ihn daran interessierte.

Als die Familie im nächsten Jahr zur Insel zurückkehrte, hatte sie zwei Boote im Schlepptau. Gewaltige Ballen mit echter schwarzer Festlanderde wurden an Land gerollt, wo sie dann wie ruhende Elefanten auf dem ganzen Strand verstreut herumlagen. Schachteln, Taschen und Körbe voller Pflanzen in schwarzen Plastikhüllen wurden auf die Veranda hinaufgetragen, ja, sogar Sträucher und ganze Bäume, die ihre eigenen Wurzeln in Säcken mitbrachten. Außerdem Hunderte von kleinen Torftöpfen mit empfindlichen Ablegern, die anfangs noch im Haus wohnen mussten.

Der Frühling ließ auf sich warten, Tag für Tag nichts als Schneeregen und Sturm. Sie heizten, dass der Herd nur so wackelte, und verhängten sämtliche Fenster mit Decken. Die Koffer wurden an der Wand aufgestapelt, und zwischen den Pflanzen, die dicht gedrängt auf dem Boden standen und sich wärmten, waren nur noch schmale Gänge. Hin und wieder kam es vor, dass die Großmutter das Gleichgewicht verlor und sich auf Pflanzen setzte, aber die meisten richteten sich wieder auf. Das Holz wurde rings um den Herd zum Trocknen aufgestellt, und die Kleider hingen an der Decke. Und auf der Veranda deckten Plastikplanen die Pappel, den Zement und die Büsche zu. Es stürmte immer noch, und allmählich ging der Schneeregen in Regen über.

Sophias Vater wachte jeden Morgen um sechs auf. Er machte Feuer, kochte Tee und bereitete Butterbrote für die ganze Familie zu, dann ging er hinaus. Er riss die Torfschicht in riesigen Fladen ab und hackte den felsigen Untergrund sauber. Im Wald und allerorten grub er tiefe Löcher, die er mit echter schwarzer Erde füllte. Er rollte große Steine heran und baute Mauern als Windschutz für den Garten; an der Hauswand und an den Kiefern brachte er für alles, was klettern wollte, Gitter an, und dann grub er das Moor um, weil er dort einen Damm aus Zement bauen wollte.

Die Großmutter stand am Fenster und sah zu. »Das Moorwasser wird um zwanzig Zentimeter steigen«, sagte sie. »Und das mögen die Wacholderbüsche nicht so gern.«

»Dort kommen gefleckte Wasserlilien und rote Seerosen hin«, sagte Sophia. »Wen interessiert das schon, was ein Wacholderbusch mag oder nicht?«

Ihre Großmutter sagte nichts. Aber sie beschloss, den herausgerissenen Torf eines Tages zu retten und wieder umzudrehen, sie wusste nämlich, dass er voller Margeriten war.

Abends zündete der Vater seine Pfeife an und grübelte über die chemische Zusammensetzung der Erde nach. Der ganze Tisch und das Bett waren übersät mit Blumenkatalogen, und die farbenfrohen Bilder leuchteten im Schein der Lampe. Sophia und die Großmutter lernten, wie alles hieß, und fragten einander ab. Für jede Pflanze malten sie ein Namensschild mit Druckbuchstaben.

»Fritillaria Imperialis«, sagte Sophia. »Forsythia Spectabilis! Das klingt viel schöner als Stiefmütterchen.«

»Was heißt schon schön«, sagte die Großmutter. »Das Stiefmütterchen hat den Namen Viola Tricolor, dass du's nur weißt. Übrigens ganz feine Leute haben noch nicht einmal ein Namensschild.«

»Wieso, in der Stadt haben wir doch eins«, sagte Sophia, und dann schrieben sie weiter.

Eines Nachts legte sich der Wind, und es hörte auf zu regnen. Die plötzliche Stille weckte die Großmutter auf. Sie dachte: Jetzt fängt er mit dem Pflanzen an.

Bei Sonnenaufgang wurde das Haus von blendendem Licht erfüllt, der Himmel war wolkenlos, das Meer und die Insel dampften. Sophias Vater zog sich an und ging, so lautlos er konnte, hinaus. Er entfernte die Plastikplanen von der Pappel und trug den Baum zu seiner Grube oberhalb der Uferwiese. Die Pappel war dreieinhalb Meter hoch. Der Vater häufelte Erde über ihre Wurzeln und verankerte den Stamm in alle Richtungen sehr stabil mit Stricken. Dann trug er die Rosen in den Wald und legte sie ins Heidekraut, worauf er seine Pfeife anzündete.

Nachdem alles in die Erde gekommen war, folgte eine lange Zeit der Erwartung. Jeder Tag war unverändert ruhig und warm. Die holländischen Zwiebeln öffneten ihre braunen Schalen und wuchsen nach oben. Im Teich innerhalb des Dammes begannen weiße Wurzeln sich im Schlamm zu bewegen, eingesperrt von einem feinmaschigen Metallnetz und mit Steinen verankert. Überall auf der Insel suchten neue Wurzeln Halt, und alle Stämme und Stängel wurden von Leben durchströmt.

Eines Morgens flog die Tür auf und Sophia schrie: »Gudoshini ist da!«

Die Großmutter eilte, so schnell sie konnte, hinaus und setzte ihre Brille auf. Ein schmaler grüner Speer ragte aus der Erde, der klare, deutliche Beginn einer Tulpe. Sie betrachteten ihn lange.

»Es könnte auch Dr. Plesman sein«, sagte die Großmutter (aber in Wirklichkeit war es Mrs John T. Scheepers). Der Frühling belohnte die Mühen des Vaters mit großer Milde, und bis auf die Pappel begann alles zu wachsen. Die Knospen schwollen an und entfalteten runzlige blanke Blätter, die sich rasch glätteten und größer wurden. Nur die Pappel stand nackt zwischen ihren Seilen und sah noch genauso aus wie bei ihrer Ankunft. Das schöne Wetter dauerte bis weit in den Juni hinein, und es regnete nicht.

Über die ganze Insel schlängelte sich ein System aus halb im Moos versunkenen Plastikschläuchen. Sie waren mit Messinggewinden verbunden und liefen in einer kleinen Pumpe zusammen, die in einer Kiste unterhalb des größten Regenwassertümpels stand. Über dem Tümpel lag eine riesige Plastikplane, die das Wasser am Verdunsten hinderte, alles sehr klug ausgedacht. Zweimal in der Woche setzte der Vater die Pumpe in Betrieb, das braune, warme Wasser lief durch die Schläuche und deren Verteiler und wurde in einer feinen Dusche oder als direkter Strahl, je nach Art und Bedürfnis der Pflanze, auf die Erde gesprüht. Manche Pflanzen wurden nur eine Minute lang gegossen, andere drei oder fünf Minuten lang, bis die Eieruhr des Vaters klingelte und er das kostbare Wasser abstellte. Natürlich konnte er der restlichen Insel nichts davon abgeben, da-

DER FRÜHLING BELOHNTE DIE MÜHEN DES VATERS MIT GROẞER MILDE, UND BIS AUF DIE PAPPEL BEGANN ALLES ZU WACHSEN.

her wurde diese sachte gelb. Die Erde in den Spalten trocknete aus und drehte die Kanten nach oben, wie alte Wurstscheiben; mehrere Kiefern starben, und jeder Morgen, der heraufdämmerte, brachte das gleiche unerbittlich schöne Wetter mit. Über der Inlandsküste zog ein Gewitter nach dem andern hin, mit Wolkenbrüchen, aufs Meer hinaus schafften sie es jedoch nie. Das Wasser im großen Tümpel sank und sank. Sophia betete zu Gott, aber es wurde trotzdem nicht besser. Und eines Abends, während der Vater wässerte, gab die Pumpe ein klägliches, gurgelndes Geräusch von sich, bis der Schlauch erschlaffte. Der Tümpel war bis auf den letzten Tropfen leer, die Plastikplanen klebten in Millionen von runzligen Falten auf dem Grund.

Einen ganzen Tag lang ging Sophias Vater auf und ab und dachte nach. Er stellte Berechnungen auf und fertigte Zeichnungen an und fuhr zum Laden, um zu telefonieren. Die große Hitze senkte sich auf die Insel, und die Insel wurde von Tag zu Tag müder. Der Vater fuhr zum Laden und telefonierte noch einmal. Schließlich nahm er den Bus in die Stadt. Sophia und die Großmutter begriffen, dass die Lage katastrophal geworden war.

Als der Vater zurückkam, brachte er die große Plastikwurst mit. Sie hatte eine Farbe, die an alte Apfelsinen erinnerte, sie füllte das halbe Boot mit schweren Falten und war eine Spezialkonstruktion. Keine Zeit war zu verlieren, die Pumpe und die Schläuche wurden an Bord getragen, dann brachen sie sofort auf.

Das Meer lag blank und träge im Wärmedunst, und über der Küste stand die übliche Wand aus treulosen Wolken. Die Möwen mochten kaum abheben, als das Boot vorbeifuhr. Es war eine sehr wichtige Expedition. Als sie Kärrskär, die Moorschäre, erreichten, war das Boot so erhitzt, dass der Teer flüssig wurde. Die Plastikwurst roch ganz entsetzlich. Der Vater trug die Pumpe ins Moor hinauf, es war ein großes, tiefes Moor, in dem Segge und Wollgras wuchsen. Der Vater schraubte die Schläuche an und wälzte die Wurst ins Uferwasser, dann schaltete er die Pumpe ein. Der Schlauch füllte sich und wurde in seinem Verlauf über den Fels immer straffer, langsam, langsam begann die große Plastikwurst zu wachsen, alles lief wie berechnet und erhofft. Aber keiner von ihnen wagte das Schicksal herauszufordern und etwas zu sagen. Die Wurst wuchs und wurde zu einem riesenhaften blanken Ballon, zu einer zum Platzen gefüllten apfelsinenfarbenen Regenwolke mit Tausenden von Litern Wasser im Bauch.

Lieber Gott, lass sie nicht platzen, betete Sophia.

Sie platzte nicht. Der Vater schaltete die Pumpe aus und trug sie ins Boot hinunter. Er holte die Schläuche an Bord. Er vertäute die Plastikwurst mit starken Achterleinen und forderte die Familie auf, sich auf die Mittelbank zusetzen, schließlich ließ er den Motor an. Der Motor arbeitete, die Leinen strafften sich, doch die Wurst rührte sich nicht. Da ging der Vater an Land und versuchte zu schieben, aber nichts geschah.

»Lieber Gott, ich bin klein, mein Herz ist rein« flüsterte Sophia. »Mach, dass die Wurst loskommt!«

Schließlich nahm er einen Anlauf und landete oben auf der Plastikwurst, worauf beide über das glitschige Seegras davonglitten und langsam ins Wasser rutschten, das sie mit einem langen Schluck zu verschlingen schien. Sophia stieß einen Schrei aus

»Sag jetzt bloß nicht, dass der liebe Gott daran schuld ist«, bemerkte die Großmutter, die sich inzwischen sehr für das ganze Unternehmen interessierte.

Sophias Vater kletterte ins Boot und ließ den Motor mit einem Ruck an, worauf dieser einen Satz machte und Sophia und die Großmutter gleichzeitig auf den Bodenplanken landeten. Die große Plastikwurst sank langsam mit gespannten Leinen ins Meer, und der Vater hängte sich übers Heck und versuchte zu sehen, was sie machte. Sie kroch durch den Tang, und als es tiefer wurde, verschwand sie ganz und gar und zog dabei den Motor nach unten, dass es nur so zischte. Die Familie krabbelte bugwärts, die obere Bootskante war nur noch knappe zehn Zentimeter über Wasser.

»Noch mal bete ich aber nicht zu ihm«, sagte Sophia wütend.

»Er weiß es auch so«, sagte die Großmutter, die sich im Bug ausgestreckt hatte. Sie dachte, mit Gott ist es nun einmal so – er hilft, aber erst, wenn man sich selbst ein wenig ins Zeug gelegt hat.

Die Plastikwurst segelte als große Blase aus lebendigem Wasser sachte durch die grüne Tiefe, in der sich der Meeresgrund als Schatten ahnen ließ. Regenwasser ist leichter als Salzwasser, das ist ja bekannt, aber in diesem Fall hatte die Pumpe große Mengen an Schlamm und Sand mit eingesaugt. Es war sehr heiß im Boot und roch nach Benzin, der Motor arbeitete wie wahnsinnig. Die Großmutter schlief ein. Das Meer glänzte unverändert blank, und die Wolkenbank hatte sich hoch über der Küste aufgetürmt. Die große Plastikwurst glitt gemächlich über einen Unterwasserfelsen und rumste an der anderen Seite in die Tiefe, der Motor wollte losrasen, wurde aber wieder zurückgezerrt, worauf leise und flink Wasser übers Heck glitt. Dann ging es weiter, allerdings sehr langsam. Die Großmutter schnarchte. Ein harter, trockener Donnerknall rollte zwischen den Inseln heran, und schwarze Böen flitzten übers Wasser, verschwanden aber sogleich wieder. Als das Boot die lange Inselspitze umrundete, kam der nächste Knall, gleichzeitig rutschte die Plastikwurst übers Riff. Die Großmutter wachte auf. Sie sah eine kurze blanke Welle übers Heck gleiten und merkte gleichzeitig, dass sie nass war. Es war nicht mehr so heiß, verirrte Wolkenfetzen flogen über den Himmel, und das Wasser im Boot fühlte sich angenehm warm an. Die Landschaft war dunkler geworden, die Untiefen leuchteten gelb, und es roch nach Regen. Sachte näherten sie sich dem Ufer, während die tiefen Schatten des Unwetters übers Meer zogen. Alle drei saßen schweigend im Boot, wie verzaubert von Unsicherheit und Spannung. Hier war das Wasser schon seichter, und jedes Mal, wenn die Plastikwurst auf Grund stieß, stieg das Wasser im Boot, zum Schluss schwappten die Wellen friedlich über die ganze Reling, und gleichzeitig krachte das Gewitter los.

Der Vater befreite den zischenden Motor und watete an Land, Sophia kam mit dem Schlauch hinterher. Sehr vorsichtig rollte sich die Großmutter über die Reling und watete ebenfalls zum Ufer, ab und zu schwamm sie ein bisschen, nur um sich zu erinnern, wie es sich anfühlte.

Anschließend setzte sie sich auf den Felsen und leerte das Wasser aus den Schuhen. Die ganze Bucht war von kleinen, zornigen Wellen überzogen, und die gestrandete Plastikwurst leuchtete wie eine Apfelsine aus dem Paradies. Der Vater zog und zerrte an ihr, bis sie ihren apfelsinenfarbenen Bauch, den Nabel aus Messinggewinden himmelwärts gewandt, langsam hob, die Schläuche wurden angeschlossen, und ein großer Klumpen aus Schlamm und Sand schoss

DIE GROSSE PLASTIKWURST

in die Luft! Gleich danach prasselte ein Wasserstrahl auf den Felsen, dass das Moos nur so hochstob.

»Wasser! Wasser!«, schrie Sophia, die völlig durchnässt und außerdem leicht hysterisch war. Sie umarmte den pulsierenden Schlauch und spürte, wie er Wasser pumpte, Wasser für Clematis, Nelly Moser und Fresia, für Fritallaria, Othello und Madame Droutschki, für Rhododendron und Forsythia Spectabilis. Sie sah, wie der starke Strahl in einem Bogen über die Insel schoss und in den trockenen Tümpel fiel.

»Wasser!«, brüllte Sophia, rannte zur Pappel und sah, was sie zu sehen erwartet hatte, einen grünen Wurzeltrieb. Und im selben Augenblick kam der Regen, warm und heftig, und die Insel ward doppelt gesegnet.

Die Großmutter hatte ihr ganzes Leben lang sparen müssen und besaß daher eine Schwäche für Verschwendung. Sie sah, wie sich das Moor und die Fässer und jeder Spalt im Felsen füllten und überliefen. Sie betrachtete die Matratzen, die zum Lüften im Freien lagen, und das Geschirr, das sich selbst abwusch. Sie seufzte vor Glück, nahm gedankenverloren die Trinkwasserkanne, füllte eine Kaffeetasse und leerte sie über eine Margerite aus.

Tove Jansson

QUELLEN-VERZEICHNIS

Jurek Becker: Aufzugsgeschichte, aus: aus: Jurek Becker, Nach der ersten Zukunft. Erzählungen. S. 149-159. © Suhrkamp Verlag Frankfurt am Main 1980. Alle Rechte bei und vorbehalten durch Suhrkamp Verlag Berlin

Heinrich Böll: Anekdote zur Senkung der Arbeitsmoral, aus: Heinrich Böll, Werke: Band Romane und Erzählungen 4. 1961-1970. © 1994 Verlag Kiepenheuer & Witsch GmbH & Co. KG, Köln

Lily Brett: Das Auto, aus: Lily Brett, New York. Aus dem Amerikanischen von Melanie Walz. S. 22-27. © Suhrkamp Verlag Frankfurt am Main 2001. Alle Rechte bei und vorbehalten durch Suhrkamp Verlag Berlin

Michael Ende: Momo - Ein gespielter Sturm und ein wirkliches Gewitter, aus: Michael Ende, Momo. © 1973, 2018 Thienemann in der Thienemann-Esslinger Verlag GmbH, Stuttgart

F. Scott Fitzgerald: Eine Frau mit Vergangenheit, aus: F. Scott Fitzgerald, Die besten Geschichten. © Aufbau Verlage GmbH & Co. KG, Berlin 1972, 2008 (für die Übersetzung von Elga Abramowitz)

Anna Gavalda: Meine Kraftpunkte, aus: Anna Gavalda, Ab morgen wird alles anders. Aus dem Französischen von Ina Kronenberger. S. 147-171. © 2017 Carl Hanser Verlag GmbH & Co. KG, München. Mit freundlicher Genehmigung von Carl Hanser Verlag GmbH & Co. KG

Jane Gardam: Lunch mit Ruth Sykes, aus: Jane Gardam, Die Leute von Privilege Hill. Aus dem Englischen von Isabel Bogdan © 2017 Hanser Berlin im Carl Hanser Verlag GmbH & Co. KG, München. Mit freundlicher Genehmigung von Carl Hanser Verlag GmbH & Co. KG

Axel Hacke: Wie man glücklich wird, aus: Axel Hacke, Das kolumnistische Manifest © 2015 Verlag Antje Kunstmann GmbH

Tove Jansson: Die große Plastikwurst, aus: Tove Jansson, Das Sommerbuch. S. 135-148. Übersetzt von Birgitta Kicherer © 2014 by Bastei Lübbe AG, Köln. Mit freundlicher Genehmigung von Bastei Lübbe AG, Köln

Erich Kästner: Die Verlobungsjagd. © Thomas Kästner.

Karen Köhler: Polarkreis, aus: Karen Köhler, Wir haben Raketen geangelt. © 2014 Carl Hanser Verlag GmbH & Co. KG, München. Mit freundlicher Genehmigung von Carl Hanser Verlag GmbH & Co. KG

Siegfried Lenz: Die Kunstradfahrer, aus: Siegfried Lenz. Erzählungen 4. 1976-1995. © 1999 Hoffmann und Campe Verlag, Hamburg

David Nicholls: Jean Seberg. aus: David Nicholls, Zwei an einem Tag. © 2021 by Ullstein Buchverlage GmbH, Berlin Aus dem Englischen übersetzt von Simone Jakob © der Übersetzung 2009 by Kein & Aber AG Zürich - Berlin

Zsuzsa Bánk: Schnee, aus: Zsuzsa Bánk, Die hellen Tage. © 2011 S. Fischer Verlag GmbH, Frankfurt am Main

Wir danken den Autor:innen und Verlagen für die freundliche Abdruckgenehmigung.